너희들 무덤에 침을 뱉으마

휴머니스트 세계문학 014

너희들 무덤에 침을 뱉으마

J'IRAI CRACHER SUR VOS TOMBES

보리스 비앙 | 이재형 옮김

차례

서문 007

너희들 무덤에 침을 뱉으마 011

해설 | 복수심이 맞닥뜨린 낭떠러지 194

일러두기

1. 번역 대본으로는 Boris Vian, *J'irai cracher sur vos tombes*(Le livre de poche, 1997)를 사용했다.
2. 주석은 모두 옮긴이 주다.

서문

1946년 7월, 장 달뤼앵은 프랑스인과 미국인 들의 모임에서 설리번을 만났다. 이틀 뒤, 설리번은 그에게 자신이 쓴 원고를 보여주었다.

그사이에 설리번은 자기가 비록 선을 넘기는 했지만 그래도 스스로를 백인보다는 흑인으로 생각한다고 장 달뤼앵에게 말했다. 매년 수천 명의 '흑인'(법이 흑인으로 인정하는)이 인구조사 리스트에서 사라져 반대 진영으로 넘어간다고 알려져 있다. 흑인을 더 좋아하는 설리번은 그리하여 '선한 흑인', 즉 문학작품에서 백인이 다정하게 등을 두드려주는 흑인에게 일종의 경멸감을 품게 되었다. 그는 백인만큼이나 '냉혹한' 흑인을 상상할 수 있을 뿐만 아니라 우연히 만날 수도 있다는 생각을 품고 있었다. 장 달뤼앵이 한 친구의 중개로 완전한 출판권을 획득한 이 짧은 소설에서 설리번은 바로 이 같은 사실을 보여주려 애썼다. 설리번은 이미 미국 출판사들과 접촉하며 자기 나라에서 원고를 출판하려는 시도가 얼마나 부질없는 짓인지를 잘 알고 있었기 때문에 더더욱 망설이지 않고 프랑스에 원고를 넘겨주었다.

이곳 프랑스에서는 잘 알려진 도덕가들이 몇몇 장면이…… 지나칠 정도로 리얼하게 묘사되었다며 비난하고 나설 것이다. 이런 장면들과 밀러•의 이야기 사이에 근본적인 차이가 있다는 사실을 강조하고 싶다. 밀러는 어떤 경우에도 주저하지 않고 가장 생생한 어휘를 사용했다. 반대로 설리번은 노골적인 단어를 사용하기보다는 표현과 구성으로 암시하겠다는 생각이었던 듯하다. 이 같은 관점에서 설리번은 에로틱하고 라틴적인 전통에 가깝다고 봐야 할 것이다.

그 밖에도 이 작품에서는 케인••(물론 이 작가는 글로 쓰건 아니면 다른 식으로건 기교에 의한 일인칭의 사용을 정당화하려고 애쓰지는 않지만, 최근 미국에서 한 권으로 묶였으며 프랑스에서는

• 1930년 파리에 정착한 미국의 소설가 헨리 밀러(1891~1980). 대담한 성(性) 묘사로 유명했다. 주요 작품으로는 《북회귀선》과 《검은 봄》 등이 있고, 프랑스어로 번역된 그의 작품들은 외설 시비를 일으키며 여러 보수 단체로부터 공격받았다.

•• 미국의 소설가이자 시나리오 작가인 제임스 M. 케인(1892~1977). 대표작으로는 《포스트맨은 벨을 두 번 울린다》가 있다.

사빈 베리츠가 번역한《같은 종류의 셋》의 기묘한 서문에서 그 필요성을 주장했다)과 가장 현대적인 작가 중 한 명인 체이스● 및 호러물 지지자들의 영향이 느껴진다. 이 같은 관점에서 우리는 설리번이 그의 저명한 선배들보다 훨씬 더 사디즘적으로 보인다는 사실을 인정해야 할 것이다. 그의 작품이 미국에서 거부당했다는 사실은 놀랍지 않다. 장담하건대 만일 그의 작품이 미국에서 출판되면 그다음 날 바로 판금될 것이다. 이 작품의 배경에는 여전히 가혹하게 취급당하고 늘 공포에 떠는 한 인종의 복수욕이, 신석기시대 인간들이 덫으로 사냥감을 유인하기 위해 화살에 맞은 들소 그림을 그렸던 것처럼 '진짜' 백인의 지배에서 벗어나고자 하는 푸닥거리로 그럴듯함(리얼리티)을 추구하고 독자의 취향과 타협하는 데 대한 극도의 경멸감이 담겼다.

유감스럽게도 코카인의 나라인 미국은 청교도와 알코올 중독자들, 그리고 '무조건 머릿속에 쑤셔 넣어'라고 말하는 사람들이 선택한 나라이기도 하다. 만일 대서양 건너편의 프랑스에서 더 큰 독창성을 추구한다면 그 진가를 발휘했던 표현을 아무 어려움 없이 파렴치하게 이용할 수 있다. 정말이지

● 영국의 소설가이자 스릴러물의 대가인 제임스 해들리 체이스(1906~1985). 대표작으로는《미스 블랜디시》가 있다.

그것은 자신의 작품을 팔 수 있는 여러 가지 좋은 방법 가운데 하나다…….

보리스 비앙

1

벅턴에는 나를 아는 사람이 아무도 없었다. 클렘이 이 도시를 선택한 것은 바로 그 때문이었다. 물론 겁이 나기도 했지만 내게는 북쪽으로 더 올라갈 만한 충분한 기름도 없었다. 겨우 5리터밖에 남아 있지 않았다. 1달러와 클렘의 편지, 이게 내가 가진 전부였다. 짐 가방에 대해서는 아예 얘기하지 말자. 그 안의 내용물에 대해서도 거론하지 말자. 잊은 게 있다. 자동차 트렁크 안에 그 아이의 권총이, 불행을 불러온 그 값싼 6.35구경 권총•이 들어 있다. 보안관이 우리 집에 찾아와 매장해야 하니 시신을 실어 가겠다고 말했을 때 권총은 그 아이의 호주머니 속에 들어 있었다. 내가 다른 모든 걸 합친 것보다 클렘의 편지에 더 큰 기대를 걸고 있었다는 말을 해야겠다. 그의 편지는 통하게 되어 있었다. 아니, 꼭 통해야만 했다. 나는 핸들을 잡은 내 손을, 내 손가락과 손톱을 바라보았다. 정말이지 그걸 이상하게 생각하는 사람은 아무도 없을 것이다. 그쪽으로는 위험할 게 전혀 없었다. 모든 게 다 잘 되어갈 것이다…….

톰 형은 대학에서 클렘을 알게 되었다. 클렘은 다른 학생들과는 다르게 그를 대했다. 그에게 먼저 말을 붙였던 것이다. 그들은 함께 술을 마셨고, 클렘의 캐딜락을 타고 외출했다. 다른 학생들이 톰 형을 가만히 놔둔 것도 다 클렘 때문이었다. 클렘이 아버지에게 물려받은 공장을 운영하기 위해 떠날 때 톰 형도 그를 따라가겠다는 결정을 내려야 했다. 형은 우리와 함께 돌아왔다. 형은 많은 걸 배워서 별다른 어려움 없이 새로 생긴 학교의 교사로 임명되었다. 그러다 그 아이와 관련한 사건이 일어나는 바람에 모든 게 물거품이 되고 말았다. 나는 입을 꼭 다물고 있을 만큼 충분히 위선적이었지만 그 아이는 그렇지 못했다. 자신이 잘못된 행동을 했다고는 생각하지 않았다. 여자아이의 아버지와 오빠가 그 아이를 죽였다.

● 20세기 초에 유행했던 권총으로, 여러 나라에서 제작되었다.

톰 형이 클렘에게 편지를 보낸 것은 바로 이 때문이었다. 나는 그 도시에 더는 머무를 수 없었고, 형은 클렘에게 내 일자리를 좀 알아봐달라고 부탁했다. 그러면서 형이 이따금 나를 만날 수 있도록 거리가 너무 멀지 않아야 하며, 우리를 아는 사람이 아무도 없어야 한다는 단서를 달았다. 그는 내 얼굴과 성격이라면 우리가 위험을 당하는 일은 절대 없으리라고 생각했다. 어쩌면 형 생각이 옳았을지도 모르지만, 그래도 나는 그 아이를 단 한순간도 잊을 수 없었다.

벅턴의 서점 관리인. 바로 이게 내 새로운 일자리였다. 나는 현 관리인을 만나서 사흘 안에 업무를 파악해야 했다. 서점의 경영 방식을 바꾸어 승진한 이 사람은 유명해지고 싶어 했다.

해가 떠서 날씨가 상쾌했다. 거리 이름이 펄하버로 바뀌었다. 클렘은 그 사실을 몰랐을 것이다. 표지판마다 예전 길 이름도 같이 쓰여 있었다. 270번지에서 서점을 발견한 나는 내 시 자동차•를 문 앞에 세웠다. 관리인은 계산대 뒤에 앉아 회계장부에 숫자를 베껴 쓰고 있었다. 문을 여는 순간 짐작할 수 있었듯 선명한 푸른색 눈에 연한 금발의 중년 남자였다. 남자에게 인사했다.

• 레이싱용이었다가 값싸고 대중적인 모델로 바뀐 미국산 자동차.

"네, 안녕하세요. 뭘 도와드릴까요?"

"소개장을 갖고 왔습니다만……."

"아! 인수인계를 받으실 분이군. 좀 봅시다."

그가 편지를 받아 읽은 다음 다시 접어서 돌려주며 말했다.

"그렇게 복잡하진 않아요. 자, 여기 재고품이 있어요. (그가 손가락으로 원을 그렸다.) 계산은 오늘 저녁에 끝날 거요. 판매라든지 광고 등등에 관해서는 본사 감독관의 지시 사항과 앞으로 받게 될 안내장을 참고하면 되고요."

"체인 서점인가요?"

"그래요. 여기저기 지점이 있지요."

"그렇군요."

나는 그의 말에 동의했다.

"어떤 책이 가장 잘 팔리나요?"

"아! 소설이 제일 잘 나가지요. 삼류 소설 말이오. 하지만 그거야 우리랑은 상관없는 일이지. 종교 서적도 잘 나가는 편이고, 교과서도 괜찮아요. 아동서는 별로 안 나가고, 진지한 책도 안 팔리긴 마찬가지지요. 그쪽으로 판매를 늘려보려고 애써본 적은 아예 없어요."

"그러니까 종교 서적은 진지하지 않다고 생각하시는군요."

그가 혀로 입술을 핥았다.

"하지도 않은 말을 하라고 시키지 마시오."

나는 껄껄대며 웃었다.

"언짢게 생각하진 마세요. 저도 꼭 그렇게 생각하지는 않으니까요."

"그렇다면 충고를 한 가지 해드리지. 티는 내지 말고 일요일마다 목사 설교를 들으러 가시오. 안 그러면 얼마 지나지 않아 손님이 줄어서 해고당하게 될 테니까."

"오! 알겠습니다. 그렇다면 목사님 말씀을 들으러 가야지요."

그가 종이 한 장을 내밀며 말했다.

"자, 확인해봐요. 지난달 회계 보고서니까. 아주 간단해요. 책은 본사에서 다 보내줄 거요. 들어오고 나가는 것만 세 부씩 기록하면 돼요. 수금은 보름에 한 번씩 와서 해 갑니다. 월급은 판매액에 따른 커미션을 수표로 받게 될 거요."

"그거 좀 보여주세요."

나는 종이를 건네받아 손님들이 서가에서 빼놓았으나 그가 미처 시간이 없어서 제자리에 꽂아놓지 못한 듯한 책들이 쌓인 낮은 계산대 위에 걸터앉았다.

그에게 물었다.

"여기서는 할 일이 뭐가 있나요?"

"아무것도 없어요. 앞에 보이는 드러그스토어에 가면 여자들이 있고, 두 블록 더 가면 리카도라는 식당 겸 바가 있는데, 거기에는 버번위스키가 있지요."

말투가 좀 퉁명스럽기는 해도 상대를 불쾌하게 만들 정도는 아니었다.

"여기서 일하신 지는 얼마나 됐나요?"

"5년 됐소. 아직 5년 더 때워야 해요."

"그러고 나서는요?"

"호기심이 많으시군."

"그건 제 잘못이 아닌데요. 그러게 왜 '아직 5년'이라고 말씀하신 겁니까? 전 아무것도 묻지 않았는데요."

그의 입매가 조금 부드러워지고 눈가에 주름이 잡혔다.

"당신 말이 옳아요. 으음, 난 5년 뒤에 이 일 그만둘 거요."

"그러고 나서는 뭘 하실 건데요?"

"책을 쓸 거요. 베스트셀러 말이오. 오로지 베스트셀러만 쓸 거요. 역사소설, 검둥이들이 백인 여자들이랑 자도 린치를 안 당하는 소설, 청순한 소녀들이 지방 도시의 비열한 사기꾼들 사이에서 아무 탈 없이 자라나는 소설 말이오."

그가 낄낄대며 웃었다.

"그래, 베스트셀러 말이오! 그러고 나선 엄청나게 대담하고 독창적인 소설을 쓸 거요. 여기선 대담해지는 게 별로 어려운 일이 아니지. 누구든지 조금만 애쓰면 알 수 있는 걸 말하기만 하면 될 테니까."

"틀림없이 원하는 바를 이루실 수 있을 겁니다."

"물론이오. 벌써 여섯 작품이나 준비해놨으니까."

"출판할 생각은 안 해보셨나요?"

"난 출판사 사장의 친구도 아니고, 자비로 출판할 만한 돈도 없소."

"그럼 어떻게 하실 건데요?"

"5년 뒤에는 충분한 돈이 생길 거요."

"분명히 그렇게 될 겁니다."

사실 서점 운영이 복잡하지 않은데도 그다음 이틀 동안은 할 일이 무척 많았다. 먼저 주문 목록을 작성해야 했다. 그러고 나자 핸슨(이게 서점 관리인의 이름이었다)이 고객 정보를 제공해주었는데, 그중 상당수가 정기적으로 서점에 들러 문학에 관해 토론하는 이들이었다. 그들이 문학에 대해 아는 것은 뜻밖에도 6만 부씩이나 발행하는 지역신문의 문학 섹션이나 《토요 리뷰》에서 읽은 것뿐이었다. 나는 한동안은 그들이 나누는 이야기에 귀를 기울이면서 그들의 이름을 외우고 얼굴을 기억하려고 애쓰는 걸로 만족했다. 다른 곳보다 특히 서점에서 더 중요한 것은 책을 사 갔던 사람이 서점 안에 발을 디디자마자 그의 이름을 불러주는 일이기 때문이다.

집 문제도 핸슨 덕분에 잘 해결되었다. 그가 세 들어 살던 맞은편 드러그스토어 2층의 방 두 개짜리 아파트를 물려받기로 했다. 그는 내가 사흘 동안 호텔에서 지낼 수 있도록 약간의 돈을 빌려주는 한편 그에게 더는 빚을 지지 않게끔 하루 세끼 식사 중 두 끼를 함께하자고 권유하기도 했다. 친절한 사람이었다. 하지만 베스트셀러를 쓰겠다는 그의 계획은 다소 걱정되었다. 아무리 돈이 있다고 해도 그런 식으로 베스트셀러를 쓸 수는 없다. 어쩌면 재능은 있을지 모른다. 나는 그렇게 되기를 바랐다. 그를 위해서 말이다.

셋째 날, 그는 점심을 먹기 전에 한잔 마시자며 나를 리카도 식당으로 데려갔다. 10시였다. 그는 오후에 떠나기로 되어 있었다.

우리가 함께하는 마지막 식사였다. 식사가 끝나면 나는 혼자 남아 손님들과 이 도시를 상대하게 될 것이다. 잘해내야만 했다. 핸슨 같은 사람을 만난 것만 해도 얼마나 다행인가! 이런저런 자질구레한 물건들을 내다 팔아도 내가 가진 돈으로는 기껏해야 사흘밖에 견딜 수 없었을 테고, 그랬더라면 많은 돈을 빌려야 했으리라. 이 사람 덕분에 좋은 조건에서 일을 시작하게 됐다.

리카도는 흔히 볼 수 있는 식당 겸 바로서 군데군데 깨끗한 곳도 있었지만 전체적으로 지저분했다. 튀긴 양파와 도넛 냄새가 풍겼다. 평범하게 생긴 한 사내가 계산대 뒤에서 열심히 신문을 읽고 있었다.

그가 물었다.

“뭘 도와드릴까요?”

“버번위스키 두 잔 주시오.”

핸슨이 내게 눈짓하며 주문했다.

나는 고개를 끄덕였다.

웨이터가 큰 잔에 위스키를 따르고 얼음을 넣은 다음 빨대를 꽂아서 가져다주었다.

핸슨이 설명했다.

“난 위스키를 항상 이렇게 마셔요. 하지만 꼭 나처럼 할 필요는…….”

“괜찮습니다.”

얼음 넣은 버번위스키를 빨대로 마셔본 적이 없는 사람은 그게 어떤 결과를 불러오는지 모른다. 입천장에 불을 지르는 것 같다. 은근한 불, 정말 굉장하다.

나는 헐떡거리며 이렇게 말했다.

“끝내주네요!”

내 눈길이 거울에 비친 내 얼굴에 가 멎었다. 어질어질한 표정이었다. 술을 안 마신 지 꽤 됐던 것이다. 핸슨이 웃기 시작했다.

그가 말했다.

“염려 마시오. 금세 익숙해질 테니까. 유감스럽게도 말이오. 자, 이 술버릇을 다음에 가서 술을 마시게 될 술집의 바텐더에게도 가르쳐줘야겠군……."

"떠나신다니 섭섭합니다."

그가 웃었다.

"만일 내가 남으면 당신이 떠나야만 했을 거요! 아니, 내가 가는 게 나아요. 아직도 5년 이상을 기다려야 한다니, 젠장!"

그는 위스키 잔을 단숨에 비우더니 한 잔 더 주문했다.

그가 나를 위아래로 훑어보았다.

"아! 당신은 잘해낼 거요. 호감을 주는 인상이니까. 당신에게는 이해가 잘 안 되는 뭔가가 있어요. 목소리 말이오."

나는 대답 없이 웃기만 했다. 이 사람은 예리한 통찰력을 갖추고 있다.

"정말 성량이 풍부해요. 혹시 가수 아니오?"

"아! 기분 전환 삼아 가끔 노래를 부르기는 합니다."

나는 이제 노래를 부르지 않는다. 그전에는 불렀다. 그래, 그 아이 사건이 일어나기 전에는 불렀다. 내가 직접 기타를 치며 노래를 불렀다. 핸디•의 블루스와 뉴올리언스의 오래되고 단조로운 노래들, 기타에 맞추어 작곡한 노래들을 불렀지만 이제는 기타를 치고 싶은 마음이 없다. 지금 내게 필요한 건 돈이었다. 계획을 실행에 옮기려면 많은 돈이 필요하다.

• '블루스의 아버지'라 불린 미국의 재즈 뮤지션 W. C. 핸디(1873~1958).

핸슨이 말했다.

"여자들이 당신 목소리를 들으면 아마 다들 쓰러질 거요."

나는 어깨를 으쓱거렸다.

"왜, 관심 없소?"

그가 내 등을 툭툭 쳤다.

"드러그스토어 쪽에 한번 가봐요. 이 동네 여자들, 아마 거기 다 모여 있을 거요. 이 도시에는 여성 클럽이 있지요. 보비삭서• 클럽 말이오. 어떤 애들인지 알지요? 빨간 양말을 신고 줄무늬 스웨터를 입고 다니면서 프랭크 시나트라한테 팬레터나 쓰는 젊은 애들 말이오. 드러그스토어가 그 애들 아지트지요. 한번 봤을 것 같은데? 아, 맞아. 그동안 서점 밖으로는 거의 나가보질 못했지!"

나도 버번위스키를 한 잔 더 시켰다. 술이 내 두 팔과 두 다리, 몸속 전체를 구석구석 돌아다녔다. 거기에는 보비삭서가 단 한 명도 없었다. 문득 그들 생각이 간절해졌다. 몸에 착 달라붙는 스웨터 밑으로 봉긋 솟아난 젖꼭지가 다 드러나 보이는 여자애들. 그들은 일부러 그렇게 하고 다닌다. 그리고 양말. 바닥이 평평한 구두에서 튀어나온 것 같은 진한 노란색

• 1940년대 전통 팝 음악, 특히 프랭크 시나트라(1915~1998)에게 열광하는 팬들을 가리켰으나 이후 유행에 민감한 사춘기 소녀를 이르는 말이 되었다.

혹은 진한 초록색 양말. 그리고 헐렁한 치마와 둥근 무릎. 그리고 그들은 항상 흰색 팬티가 훤히 보이도록 다리를 쫙 벌린 채 땅바닥에 앉아 있다. 그렇다. 나는 그러고 다니는 보비삭서들을 좋아했다.

햄슨이 나를 쳐다봤다.

"그 아이들, 아마 아무도 싫다고 안 할 거요. 걱정할 거 없어요. 당신을 데려갈 만한 장소를 얼마든지 알고 있을 테니까."

"전 그런 지저분한 인간은 아닙니다."

"아, 난 그런 얘기를 한 게 아니오. 당신을 데려가서 춤도 추고 술도 마신다는 거지."

그가 웃었다. 내가 흥미롭다는 표정을 지은 게 틀림없었다.

"재미있는 애들이오. 서점으로 당신을 보러 올 거요."

"그 애들이 서점에서 뭘 할 수 있는데요?"

"영화배우들 사진도 사고, 어쩌다 정신분석학 책도 사겠지. 그러니까 의학서를 말하는 거요. 다들 의학을 공부하는 것 같으니까."

나는 중얼거렸다.

"좋습니다. 두고 보면 알게 되겠지요……."

이번에는 짐짓 무관심한 척해야 했다. 햄슨이 화제를 바꿨기 때문이다. 그러고 나서 우리는 점심을 함께 먹었고, 그는 오후 2시경에 서점을 떠났다. 나는 혼자 남겨졌다.

2

이 주가 지나자 따분해지기 시작했다. 그동안 단 한 번도 서점 밖으로 나가지 않았다. 장사는 잘되었다. 책은 잘 팔렸고, 모든 광고는 사전에 적절히 이루어졌다. 본사에서 일주일에 한 번씩 책이 든 상자와 함께 접어서 포개놓은 포스터 묶음을 탁송으로 보내오면 그것들을 쇼윈도에 진열한 책 밑이나 눈에 잘 띄는 곳에 놓아두기만 하면 되었다. 내가 할 일이란 대부분 그림이 들어간 표지와 홍보 포스터, 짧은 약력과 함께 실린 작가 사진 등을 보고 책을 사는 보통의 고객들이 던지는 질문에 대답할 수 있을 만큼 책의 내용을 충분히 파악하는 것이었다. 그러려면 표지에 들어간 광고 문구를 읽거나 군데군데 책을 펼쳐 네댓 쪽 정도를 읽어보면 그만이었다. 비싼 책값의 상당한 부분을 바로 이런 홍보비가 차지한다. 이것이야말로 사람들이 좋은 책을 사는 일에는 별 관심이 없다는 증거다. 자기 독서 클럽에서 추천하는 책, 즉 사람들 입에 오르내리는 책을 읽으려고 할 뿐 정작 그 안에 뭐가 쓰였는지는 개의치 않는다.

어떤 책은 쇼윈도에 진열하라는 본사의 권고와 함께 대량의 광고지가 오기도 했다. 나는 광고지를 금전등록기 옆에 쌓아놓고 책이 팔릴 때마다 한 장씩 끼워주었다. 반짝반짝하게 인쇄된 광고지를 거절하는 사람은 한 명도 없었고, 거기 적힌 몇몇 광고 문구야말로 이 도시의 독자들에게 딱 어울리는 수준이었다. 본사에서는 스캔들을 일으킬 만한 책에 대해서는 영락없이 이런 판매 전략을 썼고, 그런 책들은 진열해놓은 지 몇 시간 만에 날개 돋친 듯 팔려나가곤 했다.

사실대로 말하면 나는 그렇게까지 지루하지는 않았다. 판에 박힌 서점 일을 기계적으로 처리해나가기 시작했고, 그 덕분에 나머지 것들을 생각할 여유를 가질 수 있었다. 그런데 나를 짜증 나게 만든 것은 바로 이 점이었다. 모든 게 너무나 순조롭게 흘러갔던 것이다.

화창한 날씨였다. 여름이 끝나가고 있었다. 도시에는 먼지 냄새가 풍겼다. 강 하류의 나무 그늘 아래는 시원할 것이다. 여기 온 뒤로 외출한 적이 한 번도 없었기 때문에 주변의 시골에 대해서는 아는 게 전혀 없었다. 바람이나 한번 쐬고 싶었다. 하지만 특히 한 가지 욕구가 줄곧 뇌리를 떠나지 않고 나를 괴롭혔다. 내게는 여자가 필요했다.

평소 같으면 5시에 셔터를 내리고 서점 안에서 형광등 불빛을 받으며 계속 일했을 테지만 그날 오후에는 그러지 않았다. 모자를 집어 든 다음 양복저고리를 팔에 걸치고는 길 건너편 드러그스토어로 곧장 갔다. 내 아파트는 드러그스토어 2층에 있었다. 드러그스토어 안에는 손님이 세 명 있었다. 열

다섯 살가량 되어 보이는 남자아이와 그 또래의 여자아이 둘이었다. 그들은 멍한 표정으로 나를 바라보더니 밀크셰이크를 마시기 시작했다. 그걸 보고만 있어도 온몸이 바들바들 떨렸다. 다행히도 그럴 때 효과를 발휘하는 치료제가 양복 주머니 속에 들어 있었다.

나는 스탠드로 가서 두 여자아이 중에 키가 더 큰 아이의 옆자리에 앉았다. 못생긴 갈색 머리 웨이트리스가 고개를 드는 둥 마는 둥 나를 쳐다보았다.

"밀크셰이크 말고 마실 게 뭐가 있죠?"

내가 묻자 그녀가 이것저것 권했다.

"레몬라임 어떠세요? 아니면 자몽주스 드려요? 토마토주스? 코카콜라?"

"자몽주스 줘요. 잔에 너무 가득 따르지 말고요."

나는 양복 주머니를 뒤져서 병을 꺼낸 다음 마개를 땄다.

그걸 본 웨이트리스가 건성으로 한마디 했다.

"저희 가게에선 술 드시면 안 되는데요."

나는 웃으며 말했다.

"괜찮아요. 이거, 약이에요. 영업 허가증 뺏길 일 없을 테니 걱정 말아요."

그녀에게 1달러를 내밀었다. 아침에 본사에서 수표를 받았다. 일주일에 90달러씩이었다. 클렘이 일자리를 제대로 소개

해준 것이었다. 그녀가 거스름돈을 내주자 나는 다시 팁을 듬뿍 건넸다.

자몽주스에 버번위스키를 섞어 마시면 훌륭한 맛은 아니지만 아무것도 안 탄 것보다는 낫다. 기분이 한결 나아지는 듯했다. 기운을 차려야겠다고 마음먹었다. 정말 기운이 나는 것 같았다. 아까 그 애들이 나를 쳐다보고 있었다. 저런 코흘리개들에게는 스물여섯밖에 안 된 나 같은 사람도 늙어 보인다. 나는 키가 더 작은 금발 여자애를 보며 웃었다. 여자애는 칼라가 없고 흰색 줄무늬가 들어간 하늘색 스웨터의 소매를 팔꿈치까지 걷어 올리고 짧은 흰색 양말과 두꺼운 고무창을 댄 구두를 신고 있었다. 귀여웠다. 성숙한 티가 물씬 풍겼다. 손으로 몸을 만져보면 잘 익은 자두처럼 탱탱할 것이다. 브래지어를 하지 않았는지 스웨터 위로 젖꼭지가 또렷이 드러났다. 그녀도 나를 보며 웃었다.

그녀에게 물었다.

"덥지?"

그녀가 기지개를 켜며 대답했다.

"더워 죽겠어요."

그녀의 겨드랑이가 축축하게 젖어 있었다. 묘한 기분이 들었다. 나는 자리에서 일어나 옆에 있는 주크박스에 5센트짜리 동전을 집어넣었다.

그러고는 그녀에게 다가가며 물었다.

"어때, 용기 내서 춤 한번 춰볼까?"

"어머! 춤추다가 나 진짜로 죽으면 어떡해요?"

그녀가 내게 찰싹 안기는 바람에 깜짝 놀랐다. 그녀에게서 방금 씻긴 아기에게서 나는 향기가 풍겼다. 그녀는 날씬했다. 나는 오른손을 그녀의 오른쪽 어깨까지 뻗었다. 그러고는 그녀의 팔을 들어 올려 젖가슴 바로 밑으로 슬그머니 내 손가락을 가져갔다. 남자아이가 우리를 쳐다보더니 우리처럼 춤을 추었다. 다이너 쇼어가 부른 〈슈플라이 파이〉라는 히트 곡이었다. 그녀가 춤추면서 멜로디를 흥얼거렸다. 잡지를 읽던 웨이트리스는 우리가 춤추는 걸 보곤 잠깐 고개를 들었으나 곧 하던 일에 몰두했다.

소녀는 스웨터 속에 아무것도 입지 않았다. 난 그걸 즉시 느낄 수 있었다. 주크박스가 멈추자 안도의 한숨이 나왔다. 그게 이 분만 더 돌아갔어도 나는 자제력을 잃고 말았을 것이다. 그녀는 내게서 몸을 떼어내더니 자기 자리로 돌아가 나를 쳐다보았다.

그녀가 말했다.

"어른치고는 춤을 좀 추시네요……."

"우리 할아버지한테서 배웠지."

그러자 그녀가 농담조로 대답했다.

"그런 것 같네요. 요즘 유행하는 춤은 아니었거든요."

"스윙은 너희들만큼 못 추지만 다른 건 가르쳐줄 수 있지."

그녀가 지그시 눈을 감았다.

"어른들이 추는 춤 말인가요?"

"그거야 너희들의 소질에 달렸지."

"난 아저씨가 속으로 무슨 생각을 하고 있는지 다 알아요……."

"절대 그걸 알 리가 없는데. 너희들 중에 기타 가진 사람 있니?"

내가 묻자 남자아이가 대꾸했다.

"기타 칠 줄 아세요?"

남자아이는 문득 활기를 되찾은 듯 보였다.

"잘은 아니고 조금……."

또 다른 여자아이가 물었다.

"그럼 노래도 하겠네요?"

"노래도 조금 하지."

나와 춤을 춘 여자아이가 끼어들었다.

"이 아저씨, 목소리가 영락없이 캐브 캘러웨이•야."

• 재즈의 대중화에 앞장선 가수이자 배우 캐브 캘러웨이(1907~1994). 가사 대신 아무 뜻이 없는 후렴을 넣어서 부르는 '스캣' 창법으로 유명했다.

그녀는 다른 두 명이 내게 말을 걸자 화가 난 듯 보였다. 서두르지 않는 게 좋을 것 같았다.

나는 그녀를 보며 말했다.

"기타가 있는 곳으로 나를 데려다주면 내가 할 수 있는 걸 너희들에게 보여주지. 핸디 정도는 아니지만, 어쨌든 블루스는 연주할 수 있으니까."

그녀는 내 눈길을 피하지 않았다.

그녀가 말했다.

"좋아요. B. J.네 집으로 가요."

"그가 기타를 가지고 있니?"

"그가 아니라 그녀예요. 베티 제인."

나는 농담을 했다.

"바루크 주니어일 수도 있었을 텐데."

"그렇네요. 그 아이는 저기 살고 있어요. 자, 가요!"

그러자 남자아이가 되물었다.

"지금 바로 가자고?"

내가 말했다.

"안 될 거 뭐 있니?"

남자아이가 말했다.

"좋아요. 제 이름은 덕이에요. 재는 지키고요."

그가 나와 춤추었던 여자애를 가리켰다.

또 다른 여자애가 말했다.

"전 주디라고 해요."

"난 리 앤더슨이야. 건너편에서 서점을 운영하고 있지."

지키가 말했다.

"알아요. 다들 보름 전부터 알고 있었는걸요."

"내가 그 정도로 너희들 관심을 끌었단 말이야?"

주디가 대답했다.

"그럼요. 여긴 남자가 부족하거든요."

우리 네 사람은 밖으로 나갔고, 그사이 딕은 주디가 방금 한 말에 이의를 제기했다. 그들은 몹시 들뜬 표정이었다. 내게는 그들을 좀 더 흥분시키기에 충분한 버번위스키가 아직 남아 있었다.

일단 밖으로 나온 나는 그들에게 말했다.

"앞장서."

딕의 구형 로드스터 크라이슬러가 문 앞에 주차되어 있었다. 그는 두 여자아이와 함께 앞자리에 앉고, 나는 뒷자리에 편안히 자리 잡았다.

그들에게 물었다.

"어이, 젊은 친구들, 무슨 일들을 하시나?"

자동차가 느닷없이 출발했고, 지키는 좌석 위에 무릎을 꿇더니 내 쪽으로 고개를 돌리고 대답했다.

"뭐, 그냥……."

"공부?"

"공부도 하고, 다른 것도 하고……."

나는 바람 때문에 목소리를 약간 높이며 말했다.

"뒷자리로 오면 더 편하게 얘기할 수 있을 텐데."

그러자 그녀가 중얼거리듯 말했다.

"전혀 안 그럴 것 같은데요."

그녀가 다시 한번 눈을 반쯤 감았다. 그런 버릇은 틀림없이 영화에서 보고 배웠을 것이다.

"소문이 안 좋게 날까봐 그런 거지, 응?"

"천만에요."

나는 그녀의 양어깨를 움켜잡고 좌석 위로 몸을 들어 올렸다.

주디가 고개를 돌리고 소리쳤다.

"어, 거기 두 사람! 좀 특이한 방식으로 얘기를 나누네요……."

나는 지키가 내 왼쪽 자리로 건너오는 동안 요령껏 엉덩이를 움켜쥐었다. 제법 통통했다. 그녀는 내가 뭘 원하는지 알고 있는 듯했다. 나는 그녀를 가죽 시트에 앉히고 목에 팔을 둘렀다.

"자, 이젠 얌전히 있어. 안 그러면 볼기를 때려줄 테니까."

그녀가 물었다.

"이 병 속에 뭐가 들어 있어요?"

내 무릎 위엔 양복저고리가 놓여 있었다. 그녀는 양복저고리 밑으로 슬그머니 손을 집어넣었고, 일부러 그랬는지는 모르겠지만 정확히 겨냥했다.

나는 그녀의 손을 밀어내며 말했다.

"가만있어. 내가 줄 테니까."

나는 니켈로 도금된 뚜껑을 돌려서 연 다음 그녀에게 병을 내밀었다. 그녀가 한 모금 들이켰다.

딕이 소리쳤다.

"다 마시지 마!"

룸 미러를 통해 우리를 지켜보고 있던 모양이었다.

"나도 좀 줘요. 늙은 욕심쟁이 리."

"걱정 마! 또 있으니까."

그는 한 손으로는 핸들을 잡고 또 한 손으로는 우리 쪽 허공을 휘저었다.

그러자 주디가 애원하듯 말했다.

"장난 그만해. 그러다가 어느 집 벽이라도 들이받으면 어쩌려고 그래?"

내가 다시 소리쳤다.

"왜 그렇게 분위기를 깨고 그래? 넌 지금까지 한 번도 냉정을 잃어본 적이 없어?"

"절대 없어요!"

주디는 딕의 손에서 잽싸게 병을 낚아챘다. 그녀가 그걸 다시 내게 내밀었을 때 병은 텅 비어 있었다.

나는 만족스러운 표정을 지으며 물었다.

"어때? 기분이 좀 나아진 것 같니?"

"아! 별로예요……."

그녀의 눈에 눈물이 맺혔지만 그녀는 잘 버텨냈다. 그녀의 목이 약간 멘 듯했다.

지키가 말했다.

"그럼 나 마실 건 없잖아……."

내가 제안했다.

"또 사면 되지, 뭘. 기타를 갖고 리카도로 바로 가자고."

남자아이가 말했다.

"운이 좋으시네요. 우린 사고 싶어도 못 사는데."

나는 농담조로 말했다.

"그거야 너희들이 너무 어려 보여서 그런 거지."

지키가 투덜거렸다.

"그렇게까지 어리진 않아요."

그녀가 몸을 이리저리 움직이더니 이상하게 자세를 잡는 바람에 나는 주먹을 꼭 쥐고 있는 것 말고는 할 일이 없었다.

크라이슬러가 급정거하는 바람에 내 손이 나도 모르게 그녀의 팔을 따라 늘어뜨려졌다.

딕이 소리쳤다.

"금방 올게요!"

딕은 차에서 내려 B. J.의 집 쪽으로 뛰어갔다. 한 사람의 건축업자가 한꺼번에 분양한 것임을 한눈에 알 수 있는, 일렬로 죽 늘어선 같은 모양의 집들 중 하나였다. 딕이 현관에 다시 모습을 나타냈다. 반짝반짝 윤이 나는 기타 케이스를 들고 있었다. 그는 쾅 소리가 나게 현관문을 닫더니 한걸음에 자동차가 서 있는 곳까지 뛰어왔다.

"B. J.가 집에 없어요. 어떡하죠?"

"나중에 돌려주면 되지, 뭐. 차에 타. 리카도에 들러서 이놈을 가득 채우자고."

주디가 한마디 했다.

"아저씨, 그러다가 소문 쫙 날 텐데요."

나는 그녀를 안심시켰다.

"아, 걱정 안 해. 다들 내가 너희들 꾐에 빠져서 술판을 벌였다는 걸 금방 알게 될 테니까."

우리는 차를 돌려 왔던 길로 되돌아갔다. 하지만 이번에는 기타 때문에 영 불편했다. 나는 남자아이에게 리카도에서 좀 떨어진 곳에 차를 세우게 한 뒤 병에 위스키를 가득 채웠다.

휴대용 술병도 하나 더 산 다음 다시 그들에게 갔다. 딕과 주디가 앞 좌석에 무릎을 꿇고 앉은 채 금발 여자아이와 열심히 무슨 얘긴가를 나누고 있었다.

남자아이가 나를 보더니 말했다.

"어때요, 리? 우리 수영하러 갈래요?"

"좋아. 그럼 수영 팬티 좀 빌려줄래? 지금 가진 게 없어서 말이야……."

"아, 그건 우리가 알아서 할게요!"

그가 시동을 걸었고, 우리는 도시 밖으로 나갔다. 도시를 벗어나자마자 그는 크라이슬러 한 대가 겨우 지나갈 정도로 폭이 좁은 데다가 도로 상태도 엉망진창인 샛길로 접어들었다. 솔직히 말해 길이라고 부르기도 민망할 정도였다.

딕이 자신 있게 말했다.

"수영하기 정말 좋은 데가 한 군데 있어요. 아무도 안 와요! 게다가 물은 또 얼마나 맑은데요!"

"송어라도 사는 모양이지?"

"네, 조약돌이랑 하얀 모래밭도 있어요. 절대 아무도 안 온다니까요. 이 길을 아는 사람은 우리뿐이거든요."

나는 차가 요동칠 때마다 혹시 턱이 빠질까봐 그걸 꽉 움켜잡은 채 말했다.

"그런 것 같다. 근데 너 이 차, 불도저나 뭐 그런 걸로 바꿔야 할 것 같은데.”

“농담도 잘하시네요.”

그가 대꾸하며 설명했다.

“그 덕분에 사람들이 우리 아지트까지 찾아와서 그 못생긴 코를 킁킁대는 일은 없잖아요.”

그는 액셀러레이터를 밟았고, 나는 내 몸의 뼈를 조물주께 맡겼다. 길은 느닷없이 구부러졌다가 150미터가량 더 가서 끊겼다. 보이는 거라곤 덤불숲뿐이었다. 크라이슬러가 굵은 단풍나무 앞에서 급정거하자 딕과 주디가 뛰어내렸다. 나도 차에서 내려 지키를 안아 올렸다. 딕이 기타를 집어 들더니 앞장서서 달려갔다. 나도 냉큼 그를 좇아갔다. 나뭇가지 아래로 난 좁은 길을 따라가자 거울처럼 맑고 차가워 보이는 강이 문득 나타났다. 태양은 낮게 떠 있었지만 여전히 무더웠다. 강의 한쪽 편은 그늘에서 잔잔히 떨고 있었고, 또 다른 쪽은 비스듬하게 비치는 햇살 아래 은은하게 반짝이고 있었다. 꼭 먼짓덩어리처럼 생긴 마른풀이 물가에 무성하게 자라나 있었다.

나는 만족스러워하며 말했다.

“여기 진짜 괜찮은데. 다른 사람 도움 없이 너희들 힘으로 찾아낸 거야?”

지키가 대답했다.

"우리 그렇게 바보 아니거든요."

그녀가 던진 마른 흙덩어리가 내 목에 날아들었다.

나는 그녀를 위협했다.

"얌전하게 굴지 않으면 우유 안 줄 거야."

나는 내 말의 심각성을 강조하기 위해 호주머니를 톡톡 쳤다.

그녀가 대답했다.

"오, 화내지 마세요! 늙은 블루스 가수 아저씨. 그러지 말고 뭘 할 수 있는지나 보여주시는 게 어때요?"

나는 딕에게 물었다.

"수영 팬티는?"

"그게 왜 필요해요? 아무도 없는데."

나는 고개를 돌렸다. 주디는 이미 스웨터를 벗어버린 뒤였다. 스웨터 안에는 별다른 걸 입고 있지 않았다. 치마가 그녀의 다리를 따라 흘러내렸고, 그녀는 눈 깜짝할 사이에 짧은 양말과 구두를 벗어 공중으로 집어 던졌다. 그러고는 완전히 벌거벗은 채 풀밭에 길게 드러누웠다. 내가 멍한 표정을 짓고 있었던 게 틀림없다. 그녀가 노골적으로 비웃는 바람에 나는 하마터면 침착성을 잃을 뻔했다. 딕과 지키 역시 벌거벗은 채로 그녀 옆에 털썩 주저앉았다. 우스꽝스럽게도 나만 어색하게 되어버렸다. 하지만 나는 남자아이가 햇볕에 새까맣게 그을린 살갗 위로 갈비뼈가 툭툭 튀어나올 만큼 비쩍 말랐다는 사실에 주목했다.

그래서 이렇게 말했다.

“좋아. 그렇다면 나도 예의를 차릴 필요가 없지.”

일부러 시간을 끌었다. 나는 내 벗은 몸매가 얼마나 멋진지 알고 있었으며, 그들 역시 내가 옷을 벗는 동안 그 사실을 충분히 알아차렸을 것이다. 뼈마디에서 딱딱 소리가 날 정도로 스트레칭을 크게 한번 하고는 그들 옆에 앉았다. 지키와 잠깐 신체 접촉이 있고 나서 아직 완전히 진정되진 않았지만, 그게 뭐가 되었든 굳이 감추고 싶지도 않았다. 그들은 아마도 내가 흥분을 가라앉히기를 기다리고 있었을 것이다.

기타를 움켜잡았다. 아주 멋진 에피폰 기타였다. 땅바닥에 앉아 연주하기가 불편해서 딕에게 말했다.

“차에 있는 쿠션 좀 가져와도 될까?”

지키가 말했다.

“나랑 같이 가요.”

그녀는 미꾸라지처럼 나무들 사이로 빠져나갔다.

할리우드의 신인 스타를 연상시키는 그녀의 얼굴과 아직 덜 성숙한 몸매를 녹음이 짙은 덤불숲 한가운데서 보니 묘한 느낌이 들었다. 기타를 내려놓고 그녀를 따라갔다. 그녀는 멀찌감치 앞서갔고, 차가 있는 곳에 내가 도착했을 때는 이미 무거운 가죽 쿠션을 들고 있었다.

"그거 이리 줘!"

그러자 그녀가 소리쳤다.

"날 그냥 내버려둬요, 타잔!"

나는 그녀가 뭐라고 하든 그녀의 엉덩이를 거칠게 움켜잡았다. 그녀는 쿠션을 내려놓더니 내가 하는 대로 가만히 있었다. 나는 몸이 잔뜩 달아올라서 그녀가 아닌 원숭이였다 해도 달려들었을 것이다. 그녀도 그걸 눈치챘는지 거칠게 몸부림치며 반항했다. 나는 웃기 시작했다. 나는 그런 걸 좋아했다. 거기에서 자라는 풀은 마치 고무 매트처럼 부드럽고 길었다. 그녀가 땅바닥으로 미끄러졌고 나도 함께 미끄러졌다. 우리 두 사람은 야만인들처럼 맞붙어 싸웠다. 그녀의 몸은 수많은 여성의 나신을 볼꼴 사납게 만들어버리는 브래지어 자국조차 없었고, 젖꼭지까지 구릿빛으로 그을려 있었다. 그리고 소녀처럼 벌거벗은 그녀의 몸뚱이는 대리석처럼 매끄러웠다. 결국 그녀의 몸 위로 올라가는 데 성공한 순간 나는 그녀가 소녀보다 훨씬 더 많은 걸 안다는 사실을 깨달았다. 그녀는 내가 최근 몇 달 사이에 경험한 테크닉 중에서 가장 뛰어난 테크닉을 가지고 있었다. 나는 그녀의 매끄럽고 잘록한 허리와 그 아래 수박처럼 단단한 엉덩이를 손으로 더듬었다. 그렇게 십 분 정도 지났을까. 그녀는 잠든 척하고 있다가 내가 삽입하려는 순간 나를 무슨 봇짐이라도 되는 양 밀쳐내더니 강

쪽으로 도망쳤다. 쿠션을 집어 들고 그녀를 쫓아갔다. 그녀는 강가에서 펄쩍 뛰어오르더니 물 한 방울 튀기지 않은 채 강물 속으로 잠수했다.

"벌써 물속에 들어간 거야?"

주디가 말했다. 그녀는 팔베개를 한 채 누워서 작은 버드나무 잎을 잘근잘근 씹고 있었다. 딕은 그 옆에 배를 깔고 엎드린 채 그녀의 허벅지를 쓰다듬는 중이었다. 술병 하나가 땅바닥에 뒤집혀 있었다. 그녀가 내 눈길을 의식하는 것 같았다.

그녀가 킥킥대며 웃었다.

"어? 다 비웠네? 그래도 아저씨 마시라고 한 병은 남겨놓았답니다."

지키가 강 저쪽에서 물장구치고 있었다. 나는 양복을 뒤져서 다른 술병을 챙겨 물속으로 들어갔다. 강물은 미지근했다. 몸이 날아갈 듯 가볍게 느껴졌다. 열심히 헤엄을 쳐서 강 한가운데에 있는 그녀에게 다가갔다. 수심이 2미터를 넘었지만 물살은 거의 느껴지지 않았다.

"목마르니?"

나는 물 위에 떠 있기 위해 한 손으로 계속 물을 저으면서 물었다.

"그걸 말이라고 하세요? 아저씨가 로데오 경기 우승자처럼 구는 바람에 지금 녹초가 돼서 죽을 지경인데!"

“이리 와서 물 위에 누워봐.”

그녀가 배영 자세를 취했다. 나는 슬그머니 그녀의 몸 아래로 들어가서 한쪽 팔을 둘렀다. 그리고 다른 손으로는 술병을 건넸다. 그녀가 그걸 받아 들었고, 내 손가락은 그녀의 허벅지를 따라 내려갔다. 나는 그녀의 두 다리를 천천히 벌린 다음 물속에서 그녀의 몸속으로 들어갔다. 그녀는 내가 하는 대로 가만있었다. 우리는 바닥으로 가라앉지 않도록 거의 서다시피 해서 움직였다.

3

그렇게 9월이 되었다. 그들 패거리에는 대여섯 명의 남자아이와 여자아이가 더 있었다. 예쁜 얼굴은 아니지만 아주 은은한 향기를 풍기는 기타 주인 B. J.와 지키보다 좀 더 통통한 금발의 수지 앤, 온종일 춤만 추는 평범한 밤색 머리 여자아이. 남자아이들 역시 내가 생각했던 것만큼이나 멍청했다. 나는 그들과 함께 시내를 돌아다니는 실수를 다시는 되풀이하지 않았다. 만일 그랬다가는 얼마 지나지 않아 이 지역에서 곤경에 처할지도 모른다. 우리는 강 근처에서만 만난다. 그리고 그들은 우리의 만남을 비밀로 하고 있다. 내가 위스키와 진을 사주기 때문이다.

나는 여자아이들을 한 명씩 차례대로 정복했는데, 너무나 쉬워서 구역질이 날 지경이었다. 그들은 위생상 양치질을 하는 것만큼이나 손쉽게 그걸 했다. 그리고 마치 난잡하고 탐욕스러우며 시끄럽고 못돼먹은 원숭이 떼처럼 행동했다. 어쨌든 얼마간은 그들 때문에 바쁜 시간을 보냈다.

나는 그들을 위해 기타를 자주 연주하곤 했다. 그것만으로도 충분했을 것이다. 기타를 연주하면서 동시에 남자아이들의 엉덩이를 때려줄 수는 없으니까 말이다. 그들은 내게 지르박과 스윙 춤을 가르쳐주었다. 이 춤들을 그들보다 더 잘 추게 되는 데에는 아무런 어려움이 없었다. 그렇다고 그들이 춤을 못 추는 건 아니었다.

하지만 그 아이가 다시 생각나서 잠이 잘 오지 않았다. 톰 형을 두 번 만났다. 형은 그럭저럭 버텨나가고 있었다. 그곳에서는 이제 그 이야기를 하지 않는다고 했다. 사람들은 형이 학교에서 근무하도록 내버려두는 모양이었고, 나는 그들과 마주칠 기회가 전혀 없었다. 앤 모런의 아버지는 딸을 주립 대학에 보냈다. 그는 아들과 함께 사업을 계속하고 있다고 했다. 형은 내게 잘 지내는지 물었고, 나는 은행 잔고가 벌써 120달러나 된다고 대답했다. 나는 술값을 제외한 모든 지출을 줄였고, 책 판매도 여전히 순조로웠다. 아마도 여름이 지나고 나면 더 잘 팔릴 것이다. 형은 종교적 의무를 게을리 하지 말라고 충고했다. 나는 이 종교적 의무라는 걸 이미 마음속에서 지웠으면서도 다른 사람들이 그 사실을 눈치채지 못하게 조심해왔다. 톰 형은 신을 믿었다. 나는 핸슨처럼 일요일마다 교회에 갔지만, 맑은 정신을 유지하면서 동시에 신을 믿는 건 있을 수 없는 일이라고 생각했다. 나는 맑은 정신을 유지해야만 했다. 예배가 끝나면 우리는 강가에서 만나 발정기에 접어든 원숭이 떼 같은 그 빌어먹을 여자아이들을 한 명씩 정복하곤 했다. 정말이지 그거야말로 우리의 모습이었다. 그러다 우리가 느끼지 못하는 사이에 여름이 완전히 지나버렸고, 비가 내리기 시작했다.

나는 리카도를 더 자주 찾아갔다. 드러그스토어에도 이따금 들러서 이곳의 재즈광들과 지르박을 추곤 했다. 나는 흑인 재즈맨들이 쓰는 그 알아듣기 힘든 은어를 그들보다 더 잘 구사할 수 있게 되었다. 나는 그쪽으로도 선천적인 소질을 갖고 있음이 틀림없었다. 벅턴의 부유층이 플로리다주나 샌타모니카, 아니면 그 비슷한 곳에서 바캉스를 보내고 떼를 지어 돌아오기 시작했다……. 다들 금빛으로 머리를 물들이고 구릿빛으로 살을 태웠지만, 강에서 여름을 보낸 우리만큼은 아니었다. 가게는 그들의 약속 장소들 중 하나가 되었다.

그들은 나를 몰랐다. 하지만 시간이 충분했으므로 나는 서

두르지 않았다.

4

덱스터가 돌아왔다. 그들은 내게 덱스터에 대해 귀가 닳도록 얘기했었다. 그는 이 도시의 고급 주택가에서도 가장 으리으리한 집에서 살고 있었다. 그의 부모는 여전히 뉴욕에서 살고 있었지만, 그는 약한 폐 때문에 1년 내내 벅턴에 머물렀다. 그들은 벅턴 출신이었고, 이곳은 다른 곳에 뒤처지지 않을 만큼 공부하기 좋은 도시였다. 나는 마치 덱스터의 집에서 여태 살아오기라도 한 것처럼 그가 패커드• 자동차와 골프채, 라디오, 술 저장고, 개인 바를 갖고 있다는 사실을 이미 알고 있었다. 그를 보는 순간, 실망하지는 않았다. 키도 작고 볼품없이 생긴 녀석이었다. 하긴 당연히 그렇게 생겨야 하지 않겠는가. 마른 체격에 갈색 곱슬머리, 약간 인디언 같은 얼굴, 음흉해 보이는 검은 눈, 큼지막한 매부리코, 얇은 입술. 그리고 억센 손은 또 얼마나 끔찍하게 생겼는지! 손톱은 짧게 깎았지만 길다기보다는 넓어서 마치 손가락을 가로질러 박힌

• 미국의 고급 자동차 브랜드.

것처럼 보였고, 부어오른 걸로 보아 건강이 좋지 않다는 걸 알 수 있었다.

그들은 마치 고깃덩어리를 서로 차지하려고 싸우는 개떼처럼 덱스터를 졸졸 따라다녔다. 그리하여 나는 술을 사주는 사람으로서의 위세를 다소 잃어버렸다. 하지만 내게는 기타가 있었다. 게다가 그들은 전혀 짐작조차 하지 못할 몇 가지 장기를 아껴두고 있었다. 내게는 시간이 있었고, 나는 뭔가 굵직한 사냥감을 기다렸다. 나는 매일 밤 그 아이 꿈을 꾸었고, 덱스터를 추종하는 이 패거리에게서 내가 원하는 걸 발견할 수 있을 거라 여겼다. 덱스터는 나를 마음에 들어 한 것 같다. 한편으로는 나의 근육과 몸매, 기타 때문에 나를 싫어하면서도 또 한편으로는 그런 것들에 매혹됐을 것이다. 나는 그에게 부족한 것들을 전부 가지고 있었고 그에게는 돈이 있었다. 우리는 서로 통할 수밖에 없었다. 게다가 그는 내가 뭐든지 다 할 준비가 되어 있음을 처음부터 알았다. 내가 뭘 원하는지도. 아니, 그 정도까지는 아니었다. 도대체 그가 어떻게 다른 사람들보다 더 많은 걸 생각할 수 있단 말인가? 내가 보기에 그는 그저 나와 함께라면 진탕 떠들고 마시는 화끈한 파티를 성공적으로 열 수 있으리라 생각했을 뿐이다. 그 점에 있어서는 그의 생각이 옳았다.

도시는 이제 거의 정상으로 돌아갔다. 나는 자연과학과 지리, 물리 등 다양한 분야의 교과서를 팔기 시작했다. 그들은 자신의 친구들을 내게 보내주었다. 여자아이들은 정말 성가시게 굴었다. 열네 살이 된 그들은 벌써 남자에게서 애무받으려고 혈안이 되어 있었다. 책을 사면서 애무받을 만한 구실을 찾아낸다는 건 결코 쉬운 일이 아니었다. 하지만 그들은 어떻게든 해냈다. 방학 동안 자신들이 얼마나 열심히 운동했는지 보여준다며 근육을 만져보게 한 다음 내 손을 허벅지까지 서서히 잡아끌었다. 그들의 행동은 지나친 감이 있었다. 서점에는 점잖은 손님들도 있었고, 내가 처한 상황도 고려해야만 했다. 그러나 이 여자들은 온종일 발정 난 암캐처럼 흥분해 있었고 이들의 팬티는 시도 때도 없이 축축하게 젖었다. 서점 관리인에게도 이렇게 수월한 일이니 대학교수에게는 틀림없이 식은 죽 먹기보다 더 쉬울 것이다. 강의가 시작되니 조금 편안해졌다. 그들은 오후에만 찾아왔다. 끔찍한 것은 남자아이들도 나를 좋아했다는 사실이다. 남자 여자 가릴 것 없었다. 이미 남자로서 틀이 잡힌 몇 명을 제외한 그들 모두가 여자들처럼 기꺼이 내 품속으로 파고들었다. 그리고 그들은 언제 어디서든 기회만 생기면 춤추는 버릇이 있었다. 다섯 명만 모여도 히트 곡을 허밍으로 부르며 요란하게 몸을 흔들어댔다. 그걸 보면 기분이 좋아졌다. 그게 우리 인종에게서 비롯되었다는 사실을 알고 있었기 때문이다.

나의 외모에 대해서는 이제 걱정할 게 없었다. 내게서 수상한 점을 눈치챈다는 건 거의 불가능했다. 수영을 하러 갔을 때 덱스터 때문에 마음이 조마조마한 적은 있었다. 벌거벗은 채 여자아이들 중 한 명과 바보처럼 장난을 치던 참이었다. 나는 그녀를 갓난애처럼 두 팔로 감아 안고서 공중으로 던지고 있었다. 덱스터는 내 뒤쪽에 엎드려 누운 채 우리를 관찰하고 있었다. 등에 천자(穿刺) 흉터가 남아 있는 왜소한 남자의 몸을 본다는 것은 그다지 유쾌한 일이 아니었다. 그는 가슴막염을 두 번 앓았다고 했다. 그가 나를 올려다보며 말했다.

"리, 당신은 다른 남자들이랑은 다른 몸매를 갖고 있군요. 어깨가 흑인 복서들처럼 축 처져 있어요."

나는 여자아이를 그냥 내버려두고 바짝 긴장한 채 내가 작곡한 노래를 부르며 그의 주위에서 춤을 추었다. 모두 웃었지만, 나는 기분이 좋지 않았다. 덱스터는 웃지 않았고 계속해서 나만 쳐다보았다.

그날 밤, 나는 세면대 위의 거울에 비친 내 얼굴을 쳐다보며 픽 웃음을 터뜨렸다. 금발과 분홍색이 도는 흰 피부, 정말이지 위험할 게 전혀 없었다. 그들 모두를 감쪽같이 속일 수 있으리라. 덱스터가 그렇게 말한 건 질투심 때문이었을 것이다. 게다가 내 어깨는 정말로 축 처져 있었다. 그래서 뭐 어떻단 말인가? 그날 밤에는 오랜만에 잠을 푹 잤다. 이틀 뒤, 그들은 덱스터의 집에서 주말 파티를 열었다. 야회복이 필요했다. 턱시도를 빌렸는데, 양복점 주인은 순식간에 내 몸에 맞게 고쳐주었다. 나보다 먼저 턱시도를 빌려 입은 사람이 나와 비슷한 체격이었던 것처럼 몸에 딱 맞았다.

그날 밤, 다시 한번 그 아이를 생각했다.

5

덱스터의 집으로 들어서는 순간 왜 야회복을 입고 오라고 했는지 짐작이 갔다. 우리는 대부분 '상류층'인 사람들 속에 파묻혀버렸다. 나는 즉시 그들을 알아볼 수 있었다. 의사와 목사, 그 비슷한 사람들. 흑인 하인 한 사람이 다가오더니 내게서 모자를 받아 들었다. 흑인은 이 사람 말고도 두 명 더 눈에 띄었다. 덱스터가 내 팔을 잡아끌더니 자기 부모에게 소개해주었다. 나는 그날이 그의 생일이라는 걸 알게 되었다. 그의 어머니는 그와 흡사하게 비쩍 마르고 갈색 머리에 키가 작고 충충한 색깔의 눈을 가졌으며, 그의 아버지는 베개로 눌러 천천히 질식사시켜버리고 싶다는 생각을 들게 만드는 부류의 사람이었다. 둘 다 잔뜩 거만한 표정을 짓고 있었다. B. J.와 주디, 지키를 비롯한 여자아이들은 야회복 차림으로 다소곳하게 얌전을 떨고 있었다. 격식에 맞추어 칵테일을 홀짝거리다가 엄숙한 표정을 짓고 있는 안경 쓴 남자들의 춤추자는 권유를 받아들이는 모습을 보는 순간, 자연스레 그들의 성기가 머릿속에 떠올랐다. 우리는 이따금 서로를 쳐다보며 윙크했다. 정신 줄을 놓지 않기 위해서였다. 정말 딱한 일이었다.

마실 게 산더미처럼 쌓여 있었다. 덱스터는 친구들을 대접할 줄 알았다. 나는 두 여자에게 나 자신을 직접 소개하고 룸바춤을 춘 다음 별달리 할 일이 없어 술만 퍼마셨다. 그러다가 주디와 멋지게 블루스를 한번 추고 났더니 기분이 한결 나아졌다. 그녀와는 섹스를 한 적이 없었다. 대체로 날 피하는 듯했고, 나 역시 그녀와 굳이 그걸 하려고 애쓰지 않았다. 하지만 그날 밤은 그녀의 허벅지 사이에서 살아 나올 수 없을 것 같았다. 세상에! 그녀는 달아오를 대로 달아올라 있었다! 그녀는 나와 함께 덱스터의 방으로 올라가고 싶어 했지만, 나는 다른 사람들이 그 방에 들어오지 않을 거라는 확신이 서지 않았다. 그래서 그녀를 데리고 술을 마시러 바에 갔다가 거기에 들어서는 손님들을 보는 순간, 주먹으로 미간을 한 방 얻어맞은 듯한 충격을 받았다.

여자 세 명(둘은 젊었고, 하나는 마흔 살가량 되어 보였다)과 남자 한 명이었다. 하지만 중년 여자와 남자에 대해서는 얘기하지 말자. 그렇다. 드디어 찾아냈다. 두 젊은 여자를 말이다. 이제 그 아이는 무덤 속에서 환호성을 내지를지도 모른다. 나는 주디의 팔을 꽉 움켜잡았고, 그녀는 내가 자기를 원한다고 믿은 듯했다. 그녀가 내게 몸을 밀착시켰다. 두 젊은 여자를 보기만 했는데도 내 침대에서 그들과 동시에 섹스하고 싶다는 욕망이 강하게 치밀어 올랐다. 나는 팔을 움켜쥐었던 손으로 주디의 엉덩이를 살살 쓰다듬었다.

"저 두 사람은 누구지, 주디?"

"왜, 관심이 가나봐요. 늙은 책방 주인 아저씨?"

"말해줘. 덱스터가 어디서 저런 매력적인 아가씨들을 데리고 온 거야?"

"상류사회에서요. 아시겠지만 그곳에는 촌스러운 보비삭서들이 없답니다, 리. 수영할 일도 없고요!"

"정말 유감이군! 두 아가씨를 가질 수만 있다면 저 늙은 여자까지도 받아들일 수 있을 것 같은데 말이야."

"그렇게 흥분하지 말아요, 리. 저 두 사람, 여기 안 살아요."

"그럼 어디서 왔는데?"

"프릭스빌. 여기서 160킬로미터도 더 떨어져 있죠. 덱스터 아버지의 오랜 친구들이에요."

"두 사람 다?"

"그렇다니까요, 참! 오늘 밤엔 왜 이렇게 바보같이 굴어요. 친애하는 조 루이스?• 두 사람은 자매……. 그리고 어머니,

아버지. 루 애스퀴스, 진 애스퀴스. 금발이 진이에요. 언니죠. 루는 언니보다 다섯 살 아래고요."

"그럼 열여섯 살?"

"열다섯이에요. 리 앤더슨, 이제 우리를 버리고 애스퀴스 씨의 딸들을 쫓아다닐 모양이죠?"

"너야말로 바보같이 굴지 마, 주디. 넌 저 애들에게 안 끌린단 말이야?"

"난 남자들이 더 좋답니다. 미안해요. 하지만 오늘 밤엔 내가 정상이라고 느껴지는군요. 춤이나 춰요, 리."

"소개 좀 해줄래?"

"그런 부탁은 덱스터한테나 해요."

"알았어."

나는 음반의 마지막 두 소절에 맞춰 주디와 춤추고 나서 그녀 곁을 떠났다. 덱스터는 홀 반대쪽 끝에서 어떤 아가씨와 잡담을 나누고 있었다. 그에게 다가갔다.

"어이, 덱스터!"

"네!"

그가 고개를 돌렸다. 나를 보며 조롱하는 듯한 표정을 지었지만 나는 전혀 개의치 않았다.

● '갈색 폭격기'란 별명을 가진 미국의 흑인 권투 선수 조 루이스(1914~1981).

"저기 저…… 애스퀴스가의 아가씨들 말이야……. 소개 좀 해줄래?"

"물론이죠. 이리 와요."

가까이 가서 보니 바에서 보았던 것보다 더 예뻤다. 정말 예뻤다. 나는 그들과 이런저런 얘기를 나누다가 갈색 머리 루에게 디스크자키가 이제 막 틀어놓은 슬로 댄스 곡에 맞춰 춤추자고 청했다. 하늘이 도와주신 것이었다! 나는 내 몸에 맞도록 턱시도를 고쳐준 양복점 주인과 하늘에 감사했다. 나는 그녀를 관례보다 조금 더 가까이 끌어당겼다. 하지만 지키나 주디 등 우리 패거리의 여자애들에게 하듯이 몸을 바짝 밀착시킬 엄두는 내지 못했다. 그녀에게서 값이 꽤 나갈 것 같은 향수 냄새가 은은하게 풍겼다. 아마도 프랑스산 향수이리라. 그녀는 갈색 머리를 빗어서 한쪽으로 넘겼고, 백지장처럼 창백한 브이 자 모양의 얼굴에서는 살쾡이 눈 같은 노란색 눈이 반짝반짝 빛났다. 그리고 그녀의 몸은……. 거기에 대해서는 생각을 안 하는 게 좋겠다. 어떻게 해서 그렇게 된 것인지는 모르겠지만 그녀의 드레스는 저 혼자 그냥 서 있는 듯했다. 왜냐하면 그것을 지탱할 수 있는 것이 그녀의 젖가슴 말고는 어깨에도, 목 주변에도 전혀 없었기 때문이다. 그녀의 젖가슴으로 말하자면, 그처럼 탱탱하고 뾰족한 유방이라면 같은 무게의 드레스를 스물서너 벌쯤은 지탱할 수 있을 것 같았다. 그녀를 오른쪽으로 좀 더 끌어당기는 순간 나는 그녀의 젖꼭지가 턱시도 안에 받쳐 입은 예장용 와이셔츠의 가슴 부분에 닿는 걸 느꼈다. 다른 여자들은 입고 있는 속옷이 드레스 아래까지 내려왔지만, 그녀는 이 문제를 다른 식으로 해결한 것 같았다. 겨드랑이부터 발목까지 이어지는 그녀의 몸매가 틀에 넣어 만들어낸 것처럼 미끈했다. 나는 그녀에게 말을 붙이려고 애썼다. 숨을 한번 고르고 나서야 입을 열었다.

"어떻게 우리가 그동안 한 번도 못 만났지?"

"보시다시피 난 지금 여기 있잖아요."

그녀는 한 걸음 뒤로 물러서더니 나를 바라보았다. 나는 그녀보다 머리 하나가 더 컸다.

"내 말은 시내에서……."

"프릭스빌에 오면 날 볼 수 있을 거예요."

"그렇다면 프릭스빌에 집을 얻어야겠군."

나는 망설이다가 이렇게 말해버렸다. 서두르고 싶지는 않았지만, 이런 여자들과는 일이 어떻게 될지 알 수 없었기 때문이다. 위험을 감수해야 한다. 하지만 그 말이 그녀를 감동시킨 것 같지는 않았다. 그녀는 살짝 미소를 지었으나 그녀의 눈길은 여전히 냉담하게 느껴졌다.

"그렇게까지 해서 날 만나러 올 필요는 없어요."

"쫓아다니는 남자들이 엄청 많을 것 같은데……."

나는 앞뒤 가리지 않고 밀어붙였다. 나로 말하자면, 흥분하지 않고서야 이렇게까지 하지는 않는다.

그녀가 대답했다.

"아! 프릭스빌에는 관심 가는 남자가 없어요."

"그거 잘됐군. 그렇다면 난 아직 기회가 있다는 얘기네?"

"당신은 내가 관심을 가질 만한 사람인가요? 잘 모르겠어요."

덫, 내가 그토록 오랫동안 찾았던 사냥감이 드디어 덫에 걸렸다. 그러니 쉽게 풀어줄 수는 없는 노릇이었다.

"어떤 남자에게 관심이 가는데?"

"당신도 썩 매력적이에요. 하지만 내가 잘못 본 것일 수도 있어요. 당신이 어떤 사람인지 모르잖아요."

"난 덱스터와 딕 페이지, 그리고 다른 사람들의 친구야."

"딕은 알아요. 하지만 덱스터는 좀 이상해요……."

"덱스터는 돈이 너무 많아. 그러니 진짜로 이상해질 수는 없는 사람이지."

"그렇다면 당신은 우리 가족도 안 좋아하겠군요. 우리도 돈이 엄청 많거든요……."

"그렇게 느껴지는군……."

나는 내 얼굴을 그녀의 머리에 좀 더 가까이 가져가며 말했다.

그녀가 다시 미소 지었다.

"향수 맘에 들어요?"

"정말 좋아."

"이상하네요. 당신은 말 냄새라든지 총에 바르는 기름 냄새, 아니면 물파스 냄새 같은 걸 좋아할 듯한데 말이에요."

"놀리지 마……. 내가 이런 체격을 갖고 태어난 것도, 얼굴이 천사처럼 귀엽고 예쁘지 않은 것도 내 잘못은 아니니까."

"난 천사 진짜 싫어해요. 하지만 말을 좋아하는 남자들은 그보다 훨씬 더 싫어하죠."

"난 가까이든 멀리든 그 괴상한 동물 쪽으로는 가본 적이 없어. 널 언제 또 만날 수 있지?"

"아! 난 아직 떠나지도 않았는걸요. 파티 끝나려면 아직 멀었어요."

"그 정도로는 충분하지 않은데."

"그거야 당신이 어떻게 하느냐에 달렸죠."

그녀가 내게서 몸을 떼어냈다. 음악이 방금 끝났던 것이다. 나는 다른 커플들 사이로 미끄러지듯 걸어가는 그녀를 바라보았고, 그녀는 고개를 돌려 나를 보며 코웃음을 쳤다. 하지만 상대를 좌절시키는 웃음은 아니었다. 그녀는 죽은 남자도 깨어나게 할 수 있을 만큼 멋진 몸매를 갖고 있었다.

나는 제자리로 돌아갔다. 지키와 딕이 마티니를 홀짝거리고 있었다. 지겨워 죽겠다는 표정들이었다.

딕에게 말했다.

"야, 딕! 너무 크게 웃지 마. 그러다가 목 빠질라!"

그러자 지키가 말했다.

"괜찮아요. 장발 아저씨? 방금 뭐 하고 왔어요? 검둥이 여자랑 춤이라도 춘 거예요? 아니면 황금 알 낳는 암탉 꽁무니라도 쫓아다닌 거예요?"

"장발 아저씨로 말하자면 스윙 댄스를 좀 춰볼 생각이지. 자, 마음 맞는 사람 몇 명 데리고 여기서 나가자고. 그럼 내가 멋진 걸 보여줄 테니까."

"살쾡이 눈에 어깨끈 없는 드레스 입은 여자들이랑요?"

나는 그녀에게 다가가서 손목을 잡으며 말했다.

"지키, 우리 멋진 아가씨. 예쁜 아가씨들을 좋아한다고 날 비난하려는 건 아니겠지?"

나는 그녀를 살짝 끌어안으며 눈을 뚫어져라 쳐다보았다. 그녀가 활짝 웃었다.

"당신은 우리에게 싫증을 내고 있어요, 리. 이젠 우리가 지겹죠? 어쨌든 나도 처지는 결혼 상대는 아니에요. 우리 아버지도 연봉 2만은 받거든요."

"너희들은 여기서 노는 게 재미있지, 응? 난 정말이지 따분해서 죽을 지경이야. 술이나 몇 병 들고 다른 데로 가자. 저

빌어먹을 담청색 정장들만 보고 있으려니까 숨이 막혀서 말이야……."

"덱스터가 안 좋아할 것 같은데요?"

"덱스터는 우리한테 신경 쓰는 거 말고도 할 일이 있어."

"그럼 당신 맘을 빼앗은 아가씨들은요? 두 사람이 그렇게 해서 올 거라고 생각해요?"

"딕이 두 사람을 알고 있어……."

나는 딕을 힐끗 쳐다보며 이렇게 말했다.

딕은 평소보다 좀 덜 멍청한 표정으로 자신의 넓적다리를 툭툭 쳤다.

"리, 당신은 정말 대단한 사람이에요. 뭘 어떻게 해야 할지 속속들이 알고 있다고요!"

"난 내가 장발 아저씨라고 생각하고 있었는데."

"장발이 아니라 가발이겠죠."

"가서 저 두 아가씨를 데려와. 아니, 그러지 말고 두 사람을 내 차에 태우자고. 아니면 네 차에 태워도 되고."

"근데 뭐라고 둘러대요?"

"이봐, 딕! 어렸을 때 저 아가씨들이랑 같이 지내면서 쌓인 추억이 엄청 많을 거 아냐. 안 그래?"

그는 얼굴에 웃음을 띠었지만 한편으로는 자신 없다는 듯 머리를 절레절레 흔들며 자리를 떴다. 지키는 우리가 나누는 얘기에 귀를 기울이고 있다가 입가에 냉소를 띠었다. 내가 손짓하자 그녀가 다가왔다.

"가서 주디랑 빌을 데려와. 그리고 술도 몇 병 챙기라고."

"어디로 갈 건데요?"

"글쎄, 갈 만한 데가 어디 있을까?"

그러자 지키가 말했다.

"우리 부모님, 지금 집에 안 계세요. 동생밖에 없어요. 지금쯤 자고 있을 거예요. 그러니까 우리 집으로 가요."

"넌 정말 멋진 아이야, 지키. 용기 있는 자에게 신의 가호가 있기를!"

그녀가 목소리를 낮추었다.

"해줄 거죠?"

"뭘 말이야?"

"그거 해줄 거죠, 리?"

"아! 물론이지."

지키와는 그동안 자주 했다. 그런데도 지금 당장이라도 그녀와 그걸 또 할 수 있겠다는 생각이 들었다. 왼쪽 뺨을 따라 물결 모양으로 흘러내린 머리칼, 약간 사시 같은 눈, 천진해 보이는 입을 가진 그녀가 이브닝드레스를 입고 있는 모습을 보니 왠지 흥분되었다. 그녀가 얼굴을 붉히며 더 거칠게 숨을 내쉬었다.

"어처구니없어 보일지도 모르겠어요, 리. 우리가 계속 그걸 한다는 거……. 나도 알아요. 하지만 난 그걸 하는 게 좋단 말이에요!"

나는 그녀의 어깨를 쓰다듬으며 말했다.

"괜찮아, 지키. 우리 그거나 실컷 하다가 죽자고!"

그녀는 내 손목을 있는 힘껏 쥐더니 내가 붙들기도 전에 달아나버렸다. 내가 누구인지 그녀에게 말해주고 싶었다. 그리고 그녀가 어떤 표정을 짓는지 보고 싶었다. 하지만 지키는 그럴 가치가 있는 여자가 아니었다. 내가 존 헨리만큼이나 강하게 느껴졌지만, 내 심장이 부서질까봐 걱정할 필요는 없었다.

스탠드로 돌아가서 마티니를 더블로 부탁했다. 그걸 단숨에 들이켜고 나서 나는 딕을 도와주기로 결심했다.

애스퀴스가의 맏딸이 그쪽에 나타났다. 그녀는 덱스터와 얘기를 나누었다. 덱스터는 검은 머리칼이 이마까지 늘어뜨려져 있어서인지 나는 평소보다 그의 생김새가 더 마음에 들지 않았다. 반면에 턱시도는 아주 잘 어울렸다. 그것 때문에 체격도 좋아 보였고, 검게 탄 얼굴에 흰색 와이셔츠를 입어서인지 꼭 '마이애미의 스플렌디드 호텔에서 휴가를 보내세요'라는 광고에 나오는 남자를 연상시켰다.

나는 그들의 정면으로 다가갔다.

"덱스터, 내가 애스퀴스 양에게 춤추자고 하면 날 죽일 거냐?"

"당신은 내게 너무 강한 상대예요, 리. 싸우고 싶지 않다고요."

사실 그는 내가 어떻게 하든 개의치 않는 것 같았다. 하지만 이 젊은 친구의 말투가 정확히 뭘 의미하는지는 알아차리기 힘들었다. 어쨌거나 나는 이미 두 팔을 진 애스퀴스의 허리에 두른 뒤였다.

그녀보다는 동생인 루가 더 마음에 들었다. 한 자매의 나이 차이가 다섯 살이나 돼 보이지는 않았다. 진 애스퀴스는 나와 키가 거의 비슷했다. 루보다는 최소한 10센티미터는 더 커 보였다. 전체적으로 투명하지만 아래쪽은 두꺼운 천으로 된 투피스형 드레스를 입었으며, 지나칠 정도로 장식이 되어 있는 브래지어는 꼭 가려야 할 데만 가리고 있었다. 황갈색 피부에다 어깨와 이마에는 주근깨가 나 있었고, 아주 짧게 자른 다음 파마를 해서 그런지 머리가 둥글어 보였다. 얼굴도 루보다 더 둥글었다.

그녀에게 물었다.

"여기서 노는 게 재미있어?"

"파티란 게 다 거기서 거기죠, 뭐. 이번 파티가 다른 파티보다 더 지루하거나 그렇진 않아요."

"내가 보기엔 이 파티가 다른 파티보다 더 나은 것 같은데."

그녀는 춤을 잘 추었다. 그 덕분에 나는 한결 수월해졌다. 게다가 나는 아무 거리낌 없이 그녀를 그녀의 동생보다 더 바짝 끌어안을 수 있었다. 그녀는 나를 올려다보지 않고도 내게 말할 수 있었기 때문이다. 그녀가 자기 뺨을 내 뺨에 갖다 댔다. 귓바퀴가 예쁜 그녀의 귀와 익살스러워 보이는 짧은 머리, 그리고 둥근 어깨를 나는 한눈에 내려다볼 수 있었다. 그녀에게서는 샐비어와 야생 풀 향기가 풍겼다.

"무슨 향수 써?"

나는 그녀가 아무 대꾸도 하지 않기에 이렇게 물었다.

"전 향수 안 뿌려요."

나는 이런 식의 대화를 영원히 이어나가고 싶지는 않았다. 그래서 성공하든 실패하든 일단 행동에 나서기로 했다.

"진짜 재미있게 놀 만한 데로 장소를 옮기면 어때?"

"그게 무슨 말이죠?"

그녀가 얼굴조차 들지 않은 채 짐짓 건성으로 되물었다. 그래서인지 그녀의 말이 마치 내 뒤쪽에서 들려오는 것처럼 느껴졌다.

"술도 실컷 마시고 담배도 맘껏 피우고 춤도 좀 여유 있게 출 수 있는 곳으로 가자는 얘기지."

"그거 괜찮은 생각이네요. 여기선 무슨 민속춤을 추는 것 같아서요."

과연 우리는 오 분 동안 같은 자리에서 꼼짝도 못 하고 있었다. 나아가지도 물러서지도 못한 채 박자에 맞추어 제자리 걸음만 했다. 나는 꽉 껴안고 있던 그녀를 놓아주기는 했지만 여전히 그녀의 허리에 손을 두른 채 출구 쪽으로 데려갔다.

"자, 가자고. 친구들에게 데려다줄게."

"그래요. 알겠어요."

그녀가 대답하는 순간 내가 고개를 돌렸기 때문에 그녀의 입김이 내 얼굴 정면으로 쏟아졌다. 진을 최소한 반병은 마신 것 같았다.

"친구들은 어떤 사람들이에요?"

나는 그녀를 안심시키며 대답했다.

"아, 다들 아주 친절하지."

우리는 텅 빈 복도를 가로질러 갔다. 그녀의 외투를 찾으려고 애쓸 필요도 없었다. 현관에 심어놓은 재스민의 향기가 스민 공기가 푸근했기 때문이다.

진 애스퀴스가 현관문에서 걸음을 멈추더니 말했다.

"어쨌든 난 당신이 어떤 사람인지 모르는데요."

나는 그녀를 데려가며 대답했다.

"당연히 그렇겠지. 난 너의 오랜 친구 리 앤더슨이야."

그녀가 웃음을 터뜨리더니 뒷걸음질 쳤다.

"아, 그렇군요, 리 앤더슨……. 가요, 리……. 다들 우리를 기다리잖아요."

이제는 내가 그녀를 따라가기 힘들었다. 그녀는 단 이 초 만에 다섯 계단을 구르듯 뛰어내려 갔고, 나는 그녀를 10미터가량 뒤에서 따라잡았다.

"잠깐 기다려! 좀 천천히 가라고!"

그녀를 두 팔로 붙들었다.

"차가 저기 있군."

주디와 빌이 내시 자동차 안에서 나를 기다리고 있었다.

주디가 속삭이듯 말했다.

"술은 몇 병 챙겼어요. 딕은 다른 애들이랑 같이 먼저 갔고요."

나도 나지막하게 물었다.

"루 애스퀴스는?"

"걱정 말아요, 돈 후안 씨. 앞차 타고 갔으니까. 출발해요."

진 애스퀴스가 뒷좌석 쪽으로 머리를 젖히더니 빌에게 손을 내밀었다.

"안녕, 잘 지내? 지금 비 오는 거야?"

"천만에! 청우계 관측 결과를 보면 저기압이 많이 발달할 걸로 예상되지만, 이건 오늘이 아니라 내일의 일기예보야."

진이 내게 한마디 했다.

"아! 이 자동차, 괜찮을지 모르겠네."

나는 발끈했다.

"내 차를 그렇게 과소평가하면 안 되지. 안 추워?"

나는 어디 있는지도 잘 모르는 담요를 찾으려고 허리를 숙였고, 턱시도 소매 단추가 그녀의 치마에 걸리는 바람에 그걸 무릎까지 걷어 올리고 말았다. 오, 이럴 수가! 정말 예쁜 다리였다!

"더워 죽겠어요."

진이 왠지 위태롭게 느껴지는 목소리로 이렇게 말했다.

나는 시동을 걸어 방금 출발한 딕의 자동차를 따라갔다. 덱스터의 집 앞에는 온갖 종류의 차들이 줄지어 있어서 나는 내 고물 자동차를 놔두고 대신 그중 한 대를 끌고 가고 싶었다. 하지만 새 자동차 없이도 내 목적을 달성할 수 있을 것이다.

지키는 멀지 않은 곳에 있는 버지니아풍의 빌라에 살았다. 키 큰 관목 울타리로 둘러싸인 정원은 근처의 다른 정원들과 확실히 달랐다.

딕이 운전하는 자동차의 정지등이 꺼지고 주차등이 켜졌다. 내 차를 세우려는데 크라이슬러의 문이 쾅 하고 닫히는 소리가 들렸다. 딕과 지키, 루, 그리고 또 한 남자, 이렇게 네 사람이 내렸다. 집 계단을 올라가는 모습을 보니 그가 누구인지 알 수 있었다. 땅딸보라는 별명을 가진 니컬러스였다. 딕과 그는 술병을 각각 두 개씩 들고 있었으며, 주디와 빌도 그만큼씩 들고 있었다. 진 애스퀴스가 자동차에서 내릴 기색이 아니기에 내가 먼저 내려 그녀가 앉은 쪽으로 갔다. 차 문을 연 나는 한쪽 팔을 그녀의 무릎 아래로, 다른 쪽 팔을 목 아래로 집어넣었다. 좀 취한 것 같았다. 주디가 내 뒤에 멈춰 섰다.

"당신 여자친구, 그로기 상태네요, 리. 당신이 주먹으로 때린 거예요?"

나는 투덜거리듯 대답했다.

"나 때문인지 아니면 진을 마셔서 그런 건지 모르겠어. 하지만 순결한 숲속의 백설 공주가 잠을 자는 건 절대 아냐."

"그렇다면 그 틈을 이용해야 해요. 자, 시작해요."

"거참, 사람 귀찮게 하네. 술 취한 여자는 너무 쉬워서 내키지 않아."

"이봐요, 여러분들……."

진의 나지막한 목소리가 들렸다. 잠에서 깨어난 것이었다.

"자, 이제 나 그만 갖고 놀아요."

나는 그녀가 토하려는 걸 알고 지키네 집 정원으로 뛰어 들어갔다. 주디는 차 문을 닫아버렸고, 나는 그녀가 토하는 동안 등을 두드려주었다. 깨끗했다. 오직 진뿐 다른 건 아무것도 섞이지 않았다. 하지만 길들이지 않은 망아지 같아서 부축하고 있기가 여간 힘든 게 아니었다. 그녀가 중심을 못 잡고 휘청거렸다. 나는 한 손으로만 그녀를 붙잡고 있었다.

"내 소매 좀 걷어줘."

주디에게 작은 소리로 말했다.

주디는 내 턱시도의 소매를 걷어 올려주었고, 나는 반대편으로 가서 진을 붙잡았다.

진이 다 토하고 나자 주디가 말했다.

"이제 됐어요. 이 아가씨는 내가 맡을게요. 천천히 해요."

그동안 빌은 술병을 들고 집 안으로 들어갔다.

주디에게 물었다.

"물이 어디 있지?"

"집 안에요. 이리 와요. 뒤로 돌아가면 되니까."

자갈이 깔린 출입로 위에서 한 걸음 내디딜 때마다 비틀거리는 진을 끌다시피 하며, 나는 주디를 따라 정원을 가로질러 갔다. 이런, 세상에! 이 여자, 왜 이렇게 무거운 거야? 정말 다루기 힘든 아가씨였다. 주디는 먼저 계단을 올라가더니 나를 2층으로 안내했다. 다른 사람들은 거실에서 큰 소리로 떠들며 놀고 있었는데, 다행히 문이 닫혀 있어서 소리가 약하게 들려왔다. 나는 어디에선가 흘러드는 빛을 반사해내는 주디의 뒷모습을 눈으로 좇으며 어둠 속을 더듬더듬 올라갔다. 그녀는 2층에서 스위치를 찾아내는 데 성공했고, 나는 욕실로 들어갔다. 욕조 앞에는 커다란 욕실용 고무 매트가 깔려 있었다.

주디가 말했다.

"그 위에 내려놔요."

"무슨 소릴 하는 거야! 치마를 벗겨."

주디는 지퍼를 내리더니 얇은 치마를 단번에 벗겨버렸다. 스타킹도 돌돌 말아서 발목까지 벗겨 내렸다. 사실 나는 벌거벗은 채 욕실 매트 위에 누워 있는 진 애스퀴스를 보기 전까지는 진짜 멋진 여자의 몸매가 어떤 것인지 모르고 있었다. 정말이지 매혹적인 몸매였다. 그녀는 두 눈을 감은 채 침을 살짝 흘렸다. 수건으로 그녀의 입을 닦아주었다. 그녀를 위해서가 아니라 나를 위해서였다. 주디는 약상자를 열심히 뒤지고 있었다.

"찾았어요, 리. 이 약 한번 먹여봐요."

"지금은 안 돼. 잠들어버려서 말이야. 게다가 아무것도 먹지 않아서 배 속이 텅텅 비어 있어."

"그럼 지금 해요, 리. 난 신경 쓸 거 없어요. 저 여자, 잠에서 깨어나면 안 하려고 할지도 몰라요."

"아니, 왜 이러는 거야?"

"내가 옷을 입고 있어서 신경 쓰여요?"

그녀는 문 쪽으로 가더니 자물쇠를 잠갔다. 그러고 나서 드레스와 브래지어를 벗어버렸다. 몸에 걸친 거라곤 스타킹뿐이었다.

"이제 당신 차례예요, 리."

그녀는 욕조 구석에 걸터앉아 다리를 벌린 채 나를 쳐다보았다. 나는 더 기다릴 수 없었다. 옷을 다 벗어버렸다.

"그 여자에게 몸을 바싹 갖다 붙여요, 리. 어서요."

"주디, 넌 정말 음탕하구나."

"왜요? 난 당신이 저 여자 위에 올라탄 걸 보면 재미있을 것 같은데. 자, 리, 해봐요……."

진의 몸 위에 걸터앉았다. 하지만 그 빌어먹을 주디 때문에 제대로 숨을 내쉬기 힘들었다. 더는 힘이 느껴지지 않았다. 나는 진 애스퀴스를 내 두 다리 사이에 둔 채 무릎을 꿇고 있었다. 주디가 또다시 다가왔다. 그녀의 손이 내 몸에 닿는 것이 느껴졌다. 그 손은 내가 필요한 곳으로 나를 이끌었다. 그녀의 손은 계속해서 내 몸 위에 놓여 있었다. 나는 너무나 흥분돼서 하마터면 고함을 내지를 뻔했다. 진 애스퀴스는 여전히 꼼짝도 하지 않았고, 또다시 침을 흘렸다. 그녀는 반쯤 눈을 떴다가 다시 감았고, 나는 그녀의 몸이 약간 움직이기 시작했다는 것을(그녀가 허리를 움직이기 시작했다는 것을) 느꼈다. 그동안 주디는 또 다른 손으로 내 아랫도리를 쓰다듬었다.

주디가 일어섰다. 그녀가 욕실을 가로질러 걸어갔고, 곧 불이 꺼졌다. 그녀조차 환한 불빛 아래서 그 모든 걸 한다는 게 엄두가 나지 않았던 모양이다. 그녀는 내 쪽으로 되돌아왔고, 나는 그녀가 다시 시작하려 한다고 생각했다. 하지만 그녀는 허리를 숙이더니 내 몸을 만져보았다. 나는 여전히 같은 자세를 취하고 있었다. 그녀가 내 등에 엎드리더니 이번에는 손 대신 입을 동원했다.

6

나는 한 시간이 지나서야 다른 사람들이 이상하게 생각할 것이라는 사실을 깨닫고 두 여자에게서 몸을 빼냈다. 우리가 욕실 어디에 있었는지는 잘 생각나지 않는다. 머리가 좀 어찔어찔했고 등도 아팠다. 진 애스퀴스가 손톱으로 마구 긁어대는 바람에 넓적다리 여기저기에 생채기가 나 있었다. 나는 벽까지 기어가서 스위치를 찾아냈다. 그동안 주디는 이리저리 몸을 뒤척였다. 불을 켜보니 그녀가 땅바닥에 앉은 채 눈을 비비고 있었다. 진 애스퀴스는 팔로 이마를 괸 채 매트 위에 엎드려 있었는데, 잠든 것 같았다. 오, 정말이지 그녀의 허리 곡선은 너무나 아름다웠다! 나는 재빨리 와이셔츠와 바지를 챙겨 입었다. 주디는 세면대 앞에서 매무새를 고쳤다. 나는 수건을 한 장 집어 물에 적셨다. 진 애스퀴스를 깨우기 위해 그녀의 머리를 들어 올렸는데(그녀는 눈을 활짝 뜨고 있었다), 세상에, 그녀가 웃었다. 나는 그녀의 허리를 붙들어 욕조 가장자리에 앉혔다.

"샤워 한 번 하면 훨씬 나을 거야."

"너무 피곤해요. 술을 좀 마셨나봐요."

그러자 주디가 한마디 했다.

"그런 것 같네."

나는 진을 안심시켰다.

"아, 그렇게 많이 마시진 않았어. 잠깐 눈을 붙였으니 이제 괜찮아질 거야."

그러자 그녀가 일어나 내 목에 매달린 채 오랫동안 키스했다. 나는 살그머니 몸을 빼내며 그녀를 욕조에 눕혔다.

"눈을 감고 머리를 들어봐……."

내가 냉온수 혼합 수도꼭지를 틀자 그녀의 몸으로 물이 쏟아졌다. 미지근한 물이 쏟아지자 그녀의 몸은 팽팽해졌고, 나는 그녀의 젖꼭지가 더 검어지면서 조금씩 튀어나오는 것을 보았다.

"기분이 한결 나아졌어요……."

주디가 그녀의 스타킹을 다시 풀어 올렸다.

"두 사람, 서둘러요. 지금 바로 내려가면 마실 게 좀 남아 있을지도 모르니까."

나는 목욕 가운을 집어 들었다. 진이 수도꼭지를 잠갔고, 나는 그녀의 몸을 솜털처럼 부드러운 그 천으로 감쌌다. 진은 그 부드러운 감촉이 마음에 든 것 같았다.

"여기가 어디예요? 덱스터 집?"

"아니, 다른 친구 집이야. 덱스터의 집에서는 다들 지겨워하더군."

"이리로 데려와줘서 고마워요. 여기서는 숨통이 좀 트이는 것 같아요."

진의 몸은 이제 다 말랐다. 나는 그녀의 투피스형 드레스를 내밀었다.

"이거 입어. 얼굴 좀 다듬고 가자고."

나는 문 쪽으로 향했다. 나선형의 계단을 내려가려는 주디를 위해 그 문을 열었다. 나는 그녀를 따라가려고 했다.

"기다려요, 리……."

진이 브래지어 훅을 채워달라며 돌아섰다. 나는 그녀의 목덜미를 살짝 깨물었다. 그녀가 상체를 뒤로 젖혔다.

"나랑 또 잘 거죠?"

"그럼, 네가 원하기만 하면 언제라도."

"지금 당장이라도?"

"무슨 일이 있나 동생이 궁금해할 텐데."

"루도 여기 있어요?"

"물론!"

"아, 그래요? 참 잘됐네요. 그럼 그 애를 감시할 수 있겠네요.”

“네가 감시해도 별 소용이 없을 것 같은데.”

“루를 어떻게 생각해요?”

“난 루랑도 잘 거야.”

그녀가 다시 웃었다.

“그 애는 정말 멋져요. 나도 그 애처럼 되고 싶어요. 만일 당신이 그 애의 벗은 몸을 본다면…….”

“그럴 수만 있다면 더 바랄 게 없지.”

“이런, 세상에! 당신은 정말 거머리 같은 남자군요!”

“미안해. 미처 에티켓을 배울 시간이 없어서 말이야.”

그러자 그녀는 다정한 눈길로 나를 바라보며 말했다.

“난 당신 매너가 마음에 드는걸요.”

나는 진의 허리에 팔을 두른 채 문 쪽으로 데려갔다.

“내려가야 할 시간이야.”

“난 당신 목소리도 맘에 들어요.”

“자, 가자고.”

“나랑 결혼하고 싶어요?”

“바보 같은 소리 하지 마.”

나는 계단을 내려가기 시작했다.

“괜한 소리 하는 거 아녜요. 당신, 이제 나랑 결혼해야 해요.”

그녀는 아무런 흔들림 없이 차분한 표정이었으며, 자기가 한 말을 확신하고 있었다.

"난 너랑 결혼할 수 없어."

"왜요?"

"네 동생이 더 좋으니까."

그녀가 다시 웃었다.

"리, 당신, 정말 맘에 들어요!"

"고맙다고 말할 수밖에 없군."

다들 거실에 모여 시끌벅적하게 떠들며 놀고 있었다. 나는 문을 열어 진을 먼저 들여보냈다. 그들은 일제히 휘파람을 불고 야유하며 우리를 맞았다. 그들은 냉동 닭이 든 통조림을 까놓고 돼지처럼 게걸스레 먹어대는 중이었다. 빌과 딕, 니컬러스는 와이셔츠 소매를 걷어붙이고 있었는데, 여기저기 소스가 묻어 있었다. 루의 드레스도 엄청나게 큰 마요네즈 자국으로 온통 얼룩져 있었다. 주디와 지키는 아무 생각 없이 먹는 데만 열중했다. 다섯 개의 술병이 거의 비어가고 있었다.

라디오에서는 댄스 음악이 나지막하게 흘러나왔다.

진 애스퀴스는 닭고기를 보자 인디언이 돌격할 때처럼 꺅 소리를 지르더니 큰 조각 하나를 두 손으로 움켜잡고 즉시 뜯어 먹기 시작했다. 나도 자리를 잡고 접시를 가득 채웠다.

모든 게 다 잘될 것 같았다.

7

새벽 3시, 덱스터가 전화했다. 진은 첫 번째보다 훨씬 더 과음하는 바람에 만취 상태였고, 나는 그 틈을 이용해 니컬러스에게 슬그머니 진을 떠넘겼다. 그러고는 진의 동생 옆에 딱 붙어서 그녀에게 최대한 술을 많이 먹이려고 애썼다. 하지만 루는 만만한 상대가 아니어서 갖가지 술수를 동원해야만 했다. 덱스터는 애스퀴스 부부가 딸들이 안 보이자 걱정한다고 알려주었다. 주디의 집에 모여 있는 걸 어떻게 알았냐고 묻자 그는 수화기 너머로 그저 웃기만 했다. 나는 왜 우리가 그의 집에서 나왔는지 설명했다.

그러자 그가 말했다.

"괜찮아요, 리. 지난밤에 우리 집에선 재미있게 놀고 싶어도 놀 수 없었다는 거 나도 잘 알고 있으니까. 점잔 빼는 사람들밖엔 없었죠."

"너도 이쪽으로 오지 그래, 덱스?"

"술 다 떨어졌어요?"

"아니, 그래서 그러는 게 아니야. 우리랑 같이 놀면 너도 기분이 나아질 것 같아서 말이야."

이 친구는 늘 그랬듯이 단호했고, 늘 그랬듯이 순진해빠진 어조로 말했다.

"난 못 가요. 그것만 아니면 갈 텐데 말이에요. 애스퀴스 부부한테는 뭐라고 얘기해요?"

"딸들을 집에다 데려다줄 거라고 그래."

"별로 좋아할 것 같지 않은데요, 리. 알다시피……."

"오, 다들 혼자서 알아서 할 나이들이라고……."

"알아요, 리. 하지만 그분들은 딸들이 혼자가 아니라는 걸 잘 알고 있단 말이에요."

"네가 알아서 잘해봐, 덱스터. 너만 믿는다."

"알았어요, 리. 어떻게 한번 해볼게요. 안녕."

"안녕."

덱스터가 전화를 끊었다. 나도 수화기를 내려놓고 다시 하던 일을 계속했다. 지키와 빌이 점잖은 집안 출신 자제들에게는 어울리지 않는 행위에 열중했고, 나는 루의 반응을 호기심 어린 눈으로 관찰했다. 그녀는 술을 한 모금 두 모금 마시기 시작했다. 빌이 지키의 옷을 벗길 때도 별로 충격을 받지 않은 듯했다.

"뭐 줄까?"

"위스키."

"그거 얼른 마시고 춤추자."

나는 그녀를 붙잡아 다른 방으로 데려가려고 했다.

"거기 가서 뭘 해요?"

"여긴 너무 시끄럽잖아."

그녀는 아무 말 없이 나를 따라왔다. 고분고분하게 긴 의자의 옆자리에 앉았지만, 내가 애무하자 느닷없이 따귀를 두 대 날렸다. 나는 화가 치밀어 올랐지만 겨우 억지웃음을 지었다.

루가 말했다.

"그만두지 못해요?"

"아무리 그래도 그렇지. 이건 너무 심한 거 아냐?"

"내가 먼저 시작한 거 아네요."

"그건 이유가 안 돼. 지금 여기가 무슨 주일학교인 줄 알아? 아니면 무슨 빙고 게임이라도 하는 줄 아냐고?"

"난 봉이 되고 싶은 생각 없어요."

"원하든 원하지 않든 넌 봉이야."

"당신, 우리 아버지 재산을 염두에 두고 있는 것 같군요."

"아니, 내가 염두에 둔 건 바로 이거야."

나는 그녀를 소파 위로 밀어 넘어뜨린 다음 드레스 앞자락을 잡아 뜯었다. 그녀가 미친 듯이 몸부림쳤다. 속이 훤히 비치는 실크 드레스에서 젖가슴이 툭 튀어나왔다.

"이거 놔요! 짐승 같으니!"

"아니, 난 남자야."

그녀는 나를 밀어내려고 애쓰면서 말했다.

"추잡한 남자 같으니! 한 시간 동안 저 위에서 언니랑 도대체 무슨 짓을 한 거죠?"

"아무 짓도 하지 않았어. 주디가 우리랑 같이 있었다는 거, 잘 알잖아?"

"난 당신네 패거리가 어떤 사람들인지, 당신들이 어떤 부류의 인간들과 어울리는지 눈치챘어요, 리 앤더슨 씨."

"루, 난 네 언니 털끝 하나 안 건드렸어. 술이 깨도록 도와준 것 말고는 말이야. 맹세할 수 있다고."

"거짓말이에요. 당신, 언니가 2층에서 내려왔을 때 짓던 표정 못 봤어요?"

"아니, 너 지금 질투하는 거야?"

그녀가 아연실색하여 나를 쳐다보았다.

"세상에…… 당신은 지금 자신이 무슨 대단한 사람이나 되는 걸로 착각하고 있군요!"

"그러니까 넌…… 내가 언니에게 손을 대고…… 또 너까지 원한다고 생각하는 거야?"

"언니는 나보다 못해요!"

나는 여전히 긴 의자 위에서 그녀를 껴안고 있었다. 그녀는 그 이상 발버둥 치지 않았다. 그녀의 가슴이 불쑥 솟아올랐다. 나는 허리를 숙인 채 혀로 젖꼭지를 애무했다. 그러고는 한쪽씩 번갈아가며 오랫동안 키스했다. 나는 몸을 일으키며 말했다.

"그래, 루. 네가 언니보다 나아."

나는 그녀를 놔주고 재빨리 뒤로 물러섰다. 그녀가 거친 반응을 보일 거라고 예상했지만, 그녀는 반대편으로 돌아눕더니 울기 시작했다.

8

나는 일상으로 되돌아왔다. 덫을 놓았으니 이제는 계획대로 풀려나가기를 기다려야 한다. 나는 그들을 다시 보게 되리라는 걸 알고 있었다. 나는 그런 눈으로 나를 바라보던 진이 나를 잊을 수 있으리라고는 생각하지 않았다. 루는 아직 나이가 어릴 뿐만 아니라 지키의 집에서 내가 그녀에게 했던 말과 행동을 믿고 있었다.

그다음 주에는 가을이 끝나고 겨울이 다가온다는 것을 예고하는 신간들을 대량으로 받았다. 나는 계속해서 별다른 문제 없이 서점을 꾸려가면서 돈을 저축했다. 그동안 모은 돈이 이제는 제법 되었다. 큰돈이라고는 할 수 없지만, 내게는 충분했다. 약간의 지출도 필요했다. 옷도 새로 사고 자동차도 수리해야 했다. 이 도시에서 유일하게 괜찮은 관현악단의 정규 기타리스트를 대신해 스토크 클럽•에서 몇 번 연주한 적이 있었다. 이 스토크 클럽이 뉴욕의 그것과 무슨 관계가 있는 것 같지는 않지만, 안경을 쓴 젊은 남자들이 보험 세일즈맨이나 이 지역 트랙터 딜러의 딸들과 함께 자주 찾아오곤 했다. 그 덕분에 나는 좀 더 많은 돈을 벌 수 있었고, 또 거기서 알게 된 사람들이 서점으로 책을 사러 오기도 했다. 우리 패거리도 이따금 서점에 발걸음을 했다. 나는 정기적으로 그들을 만나고 여전히 주디나 지키와 잤다. 지키는 떼어낼 수 없었다. 하지만 나는 체력이 탁월해서 용케도 두 여자아이를 모두 가질 수 있었다. 그 밖에도 나는 운동을 하면서 권투 선수같이 몸집을 키워나갔다.

덱스터의 집에서 야회를 하고 나서 일주일이 지난 어느 날 밤, 톰 형의 편지를 받았다. 최대한 빨리 좀 와달라는 내용이었다. 나는 토요일이 될 때까지 기다렸다가 형이 사는 도시로 달려갔다. 나는 형에게 뭔가 일이 생겨서 형이 내게 편지를 보냈다는 걸 눈치챘고, 좋은 일은 아닐 거라고 짐작했다.

그자들은 이 지역에서 가장 가증스러운 악당인 발보 상원의원••의 지시에 따라 투표를 고의로 방해했다. 그는 흑인들이 투표한 이후로 도발을 일삼아왔다. 부하들을 조종해 투표

● 1950년대 뉴욕에서 가장 유명했던 나이트클럽의 이름. 뉴욕의 스토크 클럽은 부유한 젊은이들이 주로 드나들었으며, 상업적인 재즈가 연주되곤 했다.

일 이틀 전에 흑인들의 모임을 해산시키고 그중 두 명을 살해했다.

흑인 학교 교사였던 형은 공개적으로 항의 서한을 보냈다가 그다음 날 역시 린치를 당했다. 형은 자동차를 가지고 와서 자기를 다른 곳으로 데려가달라고 편지에 썼다.

형은 어두컴컴한 방 안에 의자를 놓고 앉아서 혼자 나를 기다리고 있었다. 넓지만 잔뜩 구부러진 그의 등과 두 손으로 감싸 쥔 머리를 보자 마음이 아려오면서 분노의 피가, 검은 피가 혈관 속으로 밀려들더니 귓속에서 윙윙거리는 게 느껴졌다. 그가 몸을 일으키더니 내 양쪽 어깨를 움켜잡았다. 그는 퉁퉁 부어오른 입으로 겨우겨우 말했다. 그를 위로하기 위해 등을 두드리려고 하자 그가 내 동작을 제지했다.

"그놈들이 가죽 채찍으로 때렸어."

"어떤 자식이 그런 거야?"

"발보의 부하들이랑 그놈 아들이……."

"또 그 자식이야?"

주먹이 저절로 불끈 쥐어졌다. 사무치는 분노가 치밀어 올랐다.

●● 인종차별주의자로 알려진 시어도어 빌보(1877~1947) 미시시피주 상원의원을 가리키는 것으로 보인다.

"형, 내가 그 자식 죽여버릴까?"

"안 돼, 리. 그럴 순 없어. 그랬다간 너도 죽게 될 거야. 넌 재수가 좋아. 아무도 네가 흑인이라는 걸 알 수가 없으니까 말이야."

"하지만 형은 나보다 더 훌륭한 사람이야."

"내 손을 봐, 리. 손톱을 보라고. 머리칼과 입술을 보란 말이야. 난 흑인이야, 리. 난 어찌해볼 도리가 없어. 하지만 넌!"

그가 말을 멈추더니 나를 바라보았다. 그는 진심으로 나를 사랑하고 있었다.

"자, 리, 넌 이 상황에서 벗어나야 해. 신께서 널 도와주실 거야. 그분께서 도와주실 거라고, 리."

"신은 그런 거에 관심 없어."

형이 미소 지었다. 그는 내게 신앙심이 별로 없다는 걸 알고 있었다.

"리, 넌 너무 어렸을 때 이 도시를 떠나서 종교를 잃어버렸지만, 그 순간이 오면 그분으로부터 용서받을 수 있을 거야. 네가 피해서 도망쳐야 할 상대는 인간들이야. 하지만 그분께는 두 손과 마음을 활짝 펼치고 다가가야만 한단다."

"형, 어디 가는 거야? 돈 필요해?"

"나도 돈 있어, 리. 너랑 같이 이 집을 떠나고 싶어. 난……."

그가 말을 멈췄다. 일그러진 그의 입에서 단어들이 어렵사

리 흘러나왔다.

“난 우리 집을 불태우고 싶어, 리. 아버지가 이 집을 지으셨지. 우리가 지금 이렇게 살게 된 건 다 그분 덕이야. 피부색에 관한 한 그분은 거의 백인이나 다름없었어. 하지만 자신의 인종을 부정하겠다는 생각 같은 건 단 한 번도 해보신 적이 없단다. 동생이 죽었으니 아버지가 흑인의 손으로 직접 지으셨던 이 집에서는 이제 아무도 살지 않을 거야.”

할 말이 없었다. 나는 형이 짐을 꾸려서 내시 자동차에 싣는 걸 도와주었다. 집은 도시 변두리에 외따로 있었다. 나는 형이 일을 다 끝마치도록 내버려둔 채 자동차에 짐을 차곡차곡 실었다.

그가 몇 분 뒤 집에서 나왔다.

“자, 가자. 흑인들을 위한 정의가 아직은 이 땅에 오지 않았으니 말이다.”

부엌에서 깜박거리던 빨간 불빛이 확 커졌다. 휘발유 통이 둔탁한 소리와 함께 폭발했고 그 섬광이 옆방 창문을 환히 비추었다. 그러고 나자 긴 불꽃이 판자벽 위에서 혀를 날름거렸고, 바람 때문에 불길은 더욱 거세졌다. 불길은 여기저기로 춤을 추었고, 형의 얼굴은 붉은빛 속에서 땀으로 반짝거렸다. 굵은 눈물이 그의 뺨 위로 흘러내렸다. 형이 내 어깨에 손을 올렸고, 우리는 몸을 돌려 그곳을 떠났다.

형은 집을 팔 수도 있었다. 돈만 있으면 모런의 가족을 궁지에 몰아넣거나 어쩌면 셋 중 한 명을 죽일 수도 있었다. 하지만 나는 그가 자기 생각대로 하는 걸 막고 싶지 않았다. 나라면 내 방식대로 했을 것이다. 그의 머릿속에는 선의와 신성(神聖)으로 이루어진 편견이 아직 너무나 많이 남아 있다. 그는 너무 정직하다. 그래서 이렇게 신세를 망친 것이다. 그는 선을 행하면 보답을 받는다고 믿지만, 그런 일은 우연일 뿐이다. 중요한 건 오직 한 가지, 복수하는 것, 그것도 가장 완전한 방법으로 복수하는 것이다. 나는 나보다 훨씬 더 희었던 그 아이를 생각했다. 그 아이가 앤 모런을 좋아하고 데이트도 한다는 사실을 알게 된 모런의 아버지는 단 한순간도 주저하지 않았다. 하지만 그 아이는 결코 도시를 떠나지 않았다. 나는 10년 이상을 이 모든 것에서 멀리 떨어져 나의 기원을 알지 못하는 사람들과 살면서 마치 우리가 반사작용처럼 조금씩 몸에 익혀가던 그 비굴한 겸손함을, 톰 형이 찢어진 입술로 동정의 말을 하게 했던 그 지겨운 겸손함을 버릴 수 있었고, 우리 형제로 하여금 백인의 발소리가 들리면 몸을 숨기게 만들었던 그 공포감을 떨쳐버릴 수 있었다. 하지만 나는 만일 우리가 흰 피부를 가진다면 백인을 능가하리라는 사실도 잘 알고 있었다. 왜냐하면 백인은 말이 너무 많고, 같은 백인이라고 믿는 사람들 앞에서는 자신의 약점을 무심코 드러내기 때문이다. 나는 내가 여러 가지 면에서 빌과 딕, 주디보다 우월하다는 사실을 증명해 보였다. 하지만 한 검둥이가 그들을 이겼다고 말할 필요는 없을 것 같다. 그래봤자 내게는 아무런 도움도 안 될 테니까. 루 애스퀴스와 진 애스퀴스를 죽임으로써 나는 모런과 그들 모두에게 복수할 수 있으리라. 한 명에 대한 복수로 두 명을 죽이는 것이다. 하지만 그들은 내 동생을 죽인 것처럼 나를 죽이지는 못할 것이다.

형은 자동차 안에서 꾸벅꾸벅 졸았다. 나는 액셀러레이터를 밟았다. 형을 머치슨 교차로에 있는 본선(本線) 정류장에 데려다주어야 했다. 거기서 형은 북부로 가는 고속버스를 탈 것이다. 형은 뉴욕으로 가기로 결심했다. 형은 선량한 사람이었다. 지나치게 감상적인. 지나치게 겸손한.

9

그다음 날 벅턴으로 돌아온 나는 잠도 자지 않고 일을 시작했다. 잠이 오지 않았다. 나는 여전히 기다렸다. 11시경, 전화벨이 울렸다. 진 애스퀴스가 주말에 자기 친구들과 함께 나와 덱스터를 집으로 초대한 것이었다. 나는 당연히 그녀의 초대를 받아들였지만, 그렇다고 환호하지는 않았다.

"글쎄, 시간을 내도록 해볼게……."

그녀가 재촉했다.

"꼭 와야 해요."

나는 빈정거리듯 말했다.

"그 정도로 남자가 없진 않을 텐데? 아니면 정말로 시골에서 살고 있는 건가?"

"여기 남자들은 술을 과하게 마신 여자를 다룰 줄 모른답니다."

이 말을 듣는 순간 왠지 모르게 기분이 언짢아졌다. 그녀도 그걸 느낀 모양이었다. 그녀의 웃음소리가 수화기 저쪽에서 터져 나왔다.

"꼭 와요. 진짜로 당신이 보고 싶어요, 리 앤더슨. 그리고 루도 기뻐할 거예요."

"나 대신 루에게 키스해줘. 그리고 나 대신 너에게 키스해달라고 말해줘."

나는 기분이 한결 나아지는 걸 느끼며 다시 일을 시작했다. 용기가 솟아났다. 그날 밤, 나는 드러그스토어로 가서 주디와 지키를 내시 자동차에 태웠다. 썩 편안한 차는 아니었지만 새로운 자세를 취해볼 수는 있었다. 그날 밤에도 나는 잠을 잘 잤다.

그다음 날, 나는 가죽 케이스에 든 화장 도구 세트와 솔, 여행용 손가방, 파자마 한 벌, 그 밖에 자질구레한 물건들을 사러 갔다. 그들로부터 룸펜 취급을 받고 싶지 않았고, 그러려면 뭐가 필요한지 웬만큼은 알고 있었다.

그 주 목요일 오후, 그날 치 정산을 마치고 본사에 제출할 서류를 작성하고 난 5시 반경, 덱스터의 자동차가 서점 앞에 멈춰 서는 게 보였다. 나는 닫아두었던 서점 문을 다시 열어주었고, 그가 안으로 들어왔다.

"안녕, 리. 서점은 잘돼가요?"

"응, 잘돼가는 편이야. 네 학교 공부는?"

"아, 그럭저럭 해나가고 있어요. 아주 뛰어난 학생이 될 만큼 야구나 하키에 취미가 있는 건 아니라서요."

"근데 무슨 일로 온 거야?"

"일단 저녁을 같이 먹고, 그다음에 어디 가서 기분 전환이나 할까 해서요."

"알았어, 덱스터. 오 분만 기다려."

"차에서 기다릴게요."

나는 서류와 돈을 금고 속에 집어넣고 셔터를 내린 다음 상의를 챙겨 뒷문으로 나왔다. 가을로 접어든 지 한참 됐는데도 지독하게 덥고 갑갑했다. 습한 공기 때문에 뭐든지 만지면 끈적끈적하고 손가락에 달라붙었다.

덱스터에게 물었다.

"기타 가져갈까?"

"아니, 그럴 필요 없어요. 오늘 밤은 내가 책임질 테니까요."

"자, 출발하자고."

나는 그의 옆자리에 앉았다. 그의 패커드 자동차와 내 내시 자동차는 비교도 되지 않았지만, 대신 그는 운전이 서툴렀다. 저속 상태에서 패커드 자동차의 엔진을 전속력으로 돌리려면 나름대로 기술이 필요했다.

"어디로 가는 거지, 덱스터?"

"우선은 스토크 클럽에서 저녁 식사를 한 다음 이동할 거예요."

"토요일에 너도 애스퀴스 집에 가지?"

"네, 괜찮으면 내 차 타고 같이 가요."

그의 차를 빌려 타면 굳이 내시 자동차를 끌고 가지 않아도 된다. 덱스터처럼 돈이 많은 친구들은 항상 쓸모가 있다.

"고마워. 그렇게 할게."

"골프 칠 줄 알아요, 리?"

"딱 한 번 쳐본 적 있지."

"골프 웨어랑 클럽은 있어요?"

"물론 없지. 내가 무슨 카이저•라도 되는 줄 아니?"

"애스퀴스 가문은 골프장을 갖고 있어요. 주치의가 골프를 못 치게 했다고 말하는 게 좋을 거예요."

그 말을 듣고 나는 투덜댔다.

"그 말이 통할 것 같아?"

"그럼 브리지 게임은요?"

"아, 그건 할 줄 알지."

"잘해요?"

"그럭저럭."

"그럼 브리지 게임도 건강에 안 좋아서 못 한다고 말해요."

"그래도 그건 할 줄 아는데……."

"500달러씩 잃고도 눈 하나 깜짝 안 할 자신 있어요?"

"그건 좀 힘들 것 같은데."

"그럼 내 말대로 해요."

"너 오늘 밤에 여러 가지 의미심장한 얘기를 많이 하는구나. 내가 너무 가난해서 그 사람들한테는 안 어울린다는 사실을 깨닫게 하려고 날 이렇게 데리고 나온 거라면 지금 얘기해. 즉시 사라져줄 테니까."

"나한테 고마워해야 할 걸요, 리. 그 사람들과 맞서서 견뎌낼 방법을 알려주는 거니까요."

"네가 왜 그런 데 관심을 두는 거지?"

● '미국 조선 사업의 아버지'라 불리는 미국의 기업가이자 자산가 헨리 카이저(1882~1967).

"흥미가 있어서요."

그는 잠시 침묵했고, 신호등이 빨간불로 바뀌자 차를 급정거했다. 패커드 자동차는 반동 때문에 앞쪽으로 천천히 나갔다가 되돌아왔다.

"어떤 점에서 흥미가 있다는 거야?"

"당신이 그 여자애들을 어떻게 할 건지 알고 싶어요."

"예쁜 여자애들은 당연히 남자들의 관심을 끌게 돼 있는 거야."

"그 애들만큼이나 예쁘고 꼬이기는 더 쉬운 여자애들을 열두어 명씩이나 거느리고 있잖아요?"

"네 말의 앞부분은 전혀 사실이 아니고 뒷부분 역시 그런 것 같은데."

그가 나를 쳐다보았는데, 머릿속에 무언가를 감춰두고 있는 듯 보였다. 그가 운전에 신경 쓰고 있을 때가 더 좋았다.

"그럴 리 없을 텐데요, 리."

"솔직히 말하자면 그 두 여자애는 내 타입이야."

"당신이 그걸 좋아한다는 거, 나도 알아요."

그가 말하려는 게 그게 전부는 아니었다.

"그 여자애들이랑 자는 게 주디나 지키랑 자는 것보다 더 어렵다고는 생각하지 않아."

"원하는 게 그게 전부는 아니잖아요, 리?"

"그것뿐이야."

"그렇다면 조심해요. 진한테 뭘 어떻게 했는지는 모르겠지만, 오 분 동안 통화하면서 당신 이름을 최소 네 번 이상 입 밖에 냈으니까요."

"그녀에게 그렇게 깊은 인상을 남겼다니 기분 좋은데."

"어쨌든 진이랑 루는 잠만 자고 결혼은 안 해도 되는 그런 애들이 아니에요. 내 생각에는 그래요. 알겠지만 난 그 두 사람이랑 알고 지낸 지 10년이 넘는다고요."

"그럼 난 운이 좋군. 왜냐하면 난 그 두 사람이랑 결혼할 수 있으리라는 기대는 안 하지만, 잠을 잘 수 있으리라는 기대는 하거든."

덱스터는 아무 대답 없이 다시 나를 쳐다보았다. 주디에게 지키의 집에서 있었던 일을 들은 것일까, 아니면 아무것도 모르는 것일까? 이 친구는 얘기를 하지 않아도 일이 어떻게 돌아가는지 짐작할 수 있는 능력이 있는 게 틀림없다.

그가 말했다.

"내려요."

나는 차가 스토크 클럽 앞에 멈춰 섰다는 걸 문득 깨닫고는 차에서 내렸다.

나는 덱스터보다 먼저 들어갔고, 그는 휴대품 보관소의 갈색 머리 아가씨에게 팁을 주었다. 내가 잘 아는 제복 차림의

웨이터가 우리를 예약된 테이블로 안내해주었다. 이 싸구려 레스토랑은 세련되고 점잖은 분위기를 내려고 나름대로 애썼으나 우스꽝스럽기만 했다. 나는 지나가면서 악단장인 블래키와 악수했다. 손님들은 칵테일을 마셨고, 악단은 춤곡을 연주했다. 나는 손님들 대부분과 안면이 있었다. 하지만 악단석에서 그들을 보는 데 익숙했던 탓에 그 반대편에 앉아 있으면 항상 묘한 느낌이 들었다.

자리에 앉자마자 덱스터는 마티니를 트리플로 시켰다.

그가 입을 열었다.

"리, 더는 그 이야기를 하고 싶지 않지만, 어쨌든 두 사람을 조심해요."

"늘 조심하고 있지. 네가 무슨 뜻으로 그런 말을 하는지는 모르겠지만 대체로 난 내가 뭘 하고 있는지 알고 있어."

그는 내게 아무 대답도 안 하고 있다가 이 분쯤 지나 다른 얘기를 했다. 예의 그 위선적인 이상한 태도만 취하지 않는다면 그가 하는 얘기는 흥미를 불러일으킬 만했다.

10

식당을 나올 때쯤에 우리 둘은 잔뜩 취해 있었다. 나는 덱스터의 만류에도 아랑곳하지 않고 핸들을 잡았다.

"난 다만 이번 토요일까지라도 네가 내 얼굴을 망가뜨리지 않기를 바랄 뿐이야. 넌 운전하면서 항상 다른 데를 보는데, 그때마다 난 이러다가 죽을지도 모른다는 느낌을 받는다고."

"하지만 당신은 길을 모르잖아요, 리……."

"뭐라고? 그거야 네가 가르쳐주면 되잖아!"

"당신이 한 번도 안 가본 동네인 데다가 복잡하기는 또 얼마나 복잡한데요!"

"바보 같은 소리 하지 마, 덱스터. 길 이름이 뭔데?"

"좋아요. 스티븐가 30번지로 가요."

"저기로 말이야?"

나는 서쪽 동네를 집게손가락으로 막연하게 가리키며 물었다.

"그래요. 어딘지 알아요?"

"난 뭐든지 다 알아. 자, 출발할 테니 조심해."

패커드는 운전하기 좋은 차였다. 덱스터는 이 차를 별로 마음에 들어 하지 않았고 부모들이 모는 캐딜락을 갖고 싶어 했다. 하지만 내가 가진 내시 자동차에 비하면 패커드는 고급 차였다.

"스티븐가로 가는 거야?"

"아니, 그 근처요."

술을 꽤 많이 마셨는데도 그는 정신이 말짱했다. 술이라곤 단 한 모금도 입에 대지 않은 사람처럼 말이다.

우리는 이 도시의 빈민가 한가운데로 들어섰다. 스티븐가의 초입에는 괜찮은 집들이 있었지만, 200번지부터는 값싼 집들이 나타났다. 그리고 단층짜리 판잣집들이 이어졌는데, 그것도 점점 더 초라해졌다. 300번지대의 집들은 서 있는 것조차 위태위태해 보일 정도였다. 고물 자동차 몇 대가 집들 앞에 서 있었는데, 대부분 포드 T 모델이었다. 나는 덱스터의 자동차를 그가 말한 장소 앞에 세웠다.

그가 말했다.

"가요, 리. 잠깐 걸어야 해요."

그는 자동차 문을 잠그고 나와 함께 출발했다. 그는 옆길로 들어서더니 100미터가량 더 걸어갔다. 나무들과 무너진 담장이 보였다. 덱스터는 위층이 판자로 된 2층짜리 건물 앞에 멈춰 섰다. 각종 잔해가 잔뜩 쌓여 있는 정원을 둘러싼 철망은 놀랍게도 멀쩡했다. 그는 초인종도 누르지 않고 건물 안으로 쑥 들어갔다. 날이 꽤 어두워졌고, 그 후미진 곳에는 기묘하게 생긴 그림자들이 득시글거렸다.

덱스터가 말했다.

"이리 와요, 리. 여기예요."

"알았어."

집 앞에는 장미나무가 딱 한 그루밖에 없었지만, 그 향기는 여기저기 널린 더러운 쓰레기의 악취를 누그러뜨리기에 충분했다. 덱스터는 현관의 계단 두 개를 올라갔다. 벨을 누르자 뚱뚱한 흑인 여자가 문을 열어주었다. 그녀는 아무 말 없이 등을 돌렸고, 덱스터는 그녀를 따라갔다. 나는 문을 닫았다.

2층으로 올라간 그녀는 우리가 지나갈 수 있도록 한쪽으로 비켜섰다. 작은 방 안에는 긴 의자와 병 하나, 잔 두 개, 그리고 소녀 두 명이 있었다. 하나는 토실토실 살찌고 얼굴이 온통 주근깨투성이인 빨강 머리였고, 나이가 더 많아 보이는 또 한 명은 흑인이었다.

그들은 블라우스와 지나치게 짧은 치마를 입고 긴 의자에 얌전히 앉아 있었다.

문을 열어준 흑인 여자가 말했다.

"자, 이 아저씨들이 너희에게 돈을 주실 거다. 그러니 얌전하게 굴어야 해."

그녀는 우리를 남겨둔 채 문을 닫고 나갔다. 나는 덱스터를 쳐다보았다.

그가 말했다.

"옷 벗어요, 리. 여긴 진짜 더워요."

그가 빨강 머리 쪽으로 고개를 돌렸다.

"와서 날 도와줘, 조."

아이가 물었다.

"제 이름은 폴리예요. 돈 줄 거죠?"

그러자 덱스터가 대답했다.

"물론이지."

그는 호주머니에서 10달러짜리 지폐를 꺼내 그 아이에게 주었다.

"와서 바지 벗는 것 좀 도와줘."

나는 여전히 움직이지 않았다. 나는 빨강 머리가 일어서는 걸 바라보았다. 지나치게 짧은 치마 밑으로 보이는 엉덩이가 통통했다. 덱스터가 날 쳐다보는 게 느껴졌다.

그가 말했다.

"난 빨강 머리로 할게요."

"잘못하면 매춘으로 감옥에 갈 수도 있다는 건 알고 있겠지?"

그러자 그가 거친 말투로 되물었다.

"피부 색깔이 저래서 신경 쓰여요?"

덱스터가 노린 게 바로 그거였다. 그는 여전히 머리칼이 눈 위로 흘러내리도록 내버려둔 채 나를 쳐다봤다. 그는 기다리고 있었다. 내 안색이 바뀌지 않은 건 분명하다. 두 소녀는 살짝 겁에 질려 꼼짝도 하지 않았다…….

덱스터가 말했다.

"이리 와, 폴리. 한잔 마실래?"

"안 마실래요. 안 마시고도 도와드릴 수 있는걸요."

폴리는 일 분도 안 되어서 그의 옷을 벗겼고, 그는 그녀를 무릎에 앉히더니 그녀의 치마를 걷어 올렸다. 덱스터가 화끈 달아오른 얼굴로 거칠게 숨을 몰아쉬었다.

폴리가 물었다.

"나, 아프게 하는 거 아니죠?"

"가만있어. 안 그러면 돈 안 줄 거야."

그가 그녀의 두 다리 사이로 손을 쑥 집어넣자 그녀가 울기 시작했다.

"닥쳐! 아니면 애나더러 널 때려주라고 할 거야."

덱스터가 내 쪽으로 고개를 돌렸다. 나는 꼼짝도 하지 않았다.

그는 같은 말을 되풀이했다.

"재 피부색이 저래서 내키지 않는 거예요? 그럼 폴리, 이 애로 할래요?"

"아냐, 됐어."

나는 또 다른 소녀를 바라보았다. 그 아이는 그러든 말든 관심 없다는 듯 연신 머리만 긁어댔다. 그 아이의 몸매는 이미 성숙한 여자 같았다.

나는 그 아이에게 말했다.

"이리 와."

덱스터가 말했다.

"해도 괜찮아요, 리. 다들 깨끗하니까."

그러고는 소녀를 향해 소리쳤다.

"그만 좀 찡찡거릴래?"

울던 소녀가 대답했다.

"아저씨는 너무 커요……. 그래서 아프단 말이에요!"

"조용히 해. 그럼 5달러 더 줄게."

그는 개처럼 헐떡거렸다. 그러더니 소녀의 넓적다리를 움켜잡고 의자 위에서 몸을 움직이기 시작했다.

폴리는 소리 없이 눈물을 흘렸다. 흑인 소녀가 나를 쳐다보았다.

"옷 벗어. 그리고 저 긴 의자로 가자."

나는 윗도리를 벗고 허리띠를 끌렀다. 내가 삽입하자 소녀는 가볍게 소리를 질렀다. 그녀의 몸은 몹시 뜨거웠다.

11

토요일이 되었지만 그때까지도 덱스터를 만나지 못했다. 나는 내시 자동차를 타고 그의 집까지 가기로 했다. 만일 그가 애스퀴스의 집에 간다면 내 차는 그의 집 주차장에 놓아두면 될 것이다. 안 간다면 그냥 내 차를 타고 가면 될 거고.

그 전전날 밤에 나와 헤어질 때 덱스터는 끙끙 앓았었다. 그는 내가 생각했던 것보다 훨씬 더 취했던 듯 심한 장난을 했다. 폴리의 왼쪽 젖가슴에는 흉터가 남을 테다. 이 멍청한 녀석이 마치 광견병에 걸린 개처럼 그녀를 사정없이 물어뜯었던 것이다. 그는 돈을 주면 그녀가 가만히 있을 거라고 생각했던 모양이지만 흑인 여자 애나가 지체 없이 나타나 앞으로는 절대 그를 손님으로 받지 않겠다며 위협했다. 덱스터는 그곳에 처음 간 게 아니었다. 그는 빨강 머리의 체취가 마음에 든 듯 보내주려고 하지 않았다. 애나는 폴리의 몸에 붕대 같은 걸 감아주고 수면제를 주었지만 그녀를 덱스터와 함께 남겨두어야만 했다. 그가 목구멍에서 이상한 소리를 내며 그녀의 몸을 샅샅이 핥았기 때문이다.

나는 그가 어떤 기분을 느끼고 있는지 짐작할 수 있었다. 나도 흑인 소녀의 몸에서 내 몸을 쉽게 빼낼 수 없었다. 그렇지만 나는 그녀의 몸에 상처를 내지 않으려고 조심했다. 그녀는 단 한마디 불평도 하지 않았다. 그냥 눈만 꼭 감고 있을 뿐이었다.

그래서 나는 과연 덱스터가 토요일까지 몸 상태가 좋아져서 애스퀴스의 집에 갈 수 있을지 궁금했다. 나 역시 그다음 날 잠에서 깨어났을 때는 몸 상태가 좋지 않았다. 그래서 리카도로 갔다. 거기서는 아침 9시에 좀비를 트리플로 내줬고, 사람의 기운을 북돋우는 데에는 그것만 한 게 없었다. 사실 벅턴에 오기 전까지는 술을 거의 입에 대지 않았는데, 그게 얼마나 큰 실수였는지 깨닫고 있다. 충분히 마시기만 한다면 술만큼 머리를 맑게 해주는 게 없다. 그날 아침에도 그랬다. 그래서 나는 아주 가뿐한 상태로 덱스터의 집 앞에 차를 세웠다.

그는 내 예상과는 달리 말끔하게 면도를 한 채 회색과 분홍색이 섞인 와이셔츠에 베이지색 개버딘 정장 차림으로 나를 기다리고 있었다.

"식사했어요, 리? 난 가다가 차 세우는 게 싫어서 미리 먹고 가려고요."

이럴 때의 덱스터는 어린아이처럼 단순하고 명쾌하고 솔직하다. 그렇지만 이 어린아이는 나이에 비해서 너무 많은 걸 알고 있다. 그의 눈을 보면 안다.

"나도 햄이랑 마멀레이드를 좀 먹어야겠다."

하인이 음식을 푸짐하게 내왔다. 나는 내가 먹을 것에 손을 쑤셔 넣는 인간을 싫어한다. 하지만 덱스터에게는 그게 극히 정상인 것 같았다.

식사를 마치자마자 바로 출발했다. 나는 내시 자동차에 실린 내 짐을 패커드 자동차로 옮겼고, 덱스터는 조수석에 앉았다.

"운전해요, 리. 그게 나을 것 같아요."

그가 나를 곁눈질해서 쳐다보았다. 이것이 그 전전날 있었던 일에 대한 그의 유일한 언급이었다. 차를 타고 가는 내내 그는 몹시 기분이 좋은 듯 애스퀴스 부부에 대해 여러 가지 얘기를 해주었다. 이 두 비열한 인간은 거액의 유산을 상속받아 순조롭게 인생의 첫발을 내디뎠으면서도 잘못이라고는 자기네들이랑 다른 피부색을 가진 것밖에는 없는 사람들을 가혹하게 착취한다고 했다. 그들은 자메이카인지 아이티인지에 사탕수수 농장도 가지고 있어서 그들의 집에 가면 맛이 기가 막힌 럼주를 마실 수 있다고 했다.

"리카도의 좀비랑은 비교가 안 된다니까요, 리."

"난 술이라면 이제 지긋지긋해!"

이렇게 말하고 나서 나는 액셀러레이터를 더욱 힘차게 밟았다.

우리는 한 시간 조금 더 걸려 160킬로미터 떨어진 프릭스빌에 도착했고, 여기서부터는 덱스터가 길을 가르쳐주었다. 벅턴보다 훨씬 작은 도시였으나 집들은 더 고급스럽고 정원은 더 넓어 보였다. 주민 모두가 돈이 많아 보이는 그런 도시들이 있는 법이다.

애스퀴스의 집 철문은 열려 있었다. 나는 제대로 기어를 넣은 상태에서 주차장으로 이어진 차도를 올라갔다. 덱스터가 운전할 때와 달리 엔진에서 이상한 폭발음이 나지 않았다. 차를 다른 두 대의 자동차 뒤에 세웠다.

덱스터에게 말했다.

“손님들이 벌써 와 있군.”

“아니, 그건 이 집 차들이에요. 우리가 첫 번째인 것 같은데요. 우리 말고 여기 사는 사람들도 올 겁니다. 다들 돌아가면서 서로를 초대하죠. 자기 집에만 있으면 너무 따분하거든요. 그래서 웬만하면 집에 안 있으려고 하죠.”

“알겠어. 불쌍한 사람들이군!”

그는 웃으며 차에서 내렸다. 각자 자기 가방을 챙겨 돌아서니 진 애스퀴스가 테니스 라켓을 들고 서 있었다. 흰색 운동 팬츠를 입고 있었으며, 방금 시합을 마쳤는지 몸에 꽉 끼는 녹청색 스웨터를 걸쳤다.

그녀가 외쳤다.

“어? 두 사람 왔네!”

우리를 보자 몹시 기쁜 모양이었다.

“가서 뭐 시원한 것 좀 마셔요.”

덱스터를 쳐다보니 그도 나를 보고 있었다. 우리는 그러자는 뜻으로 동시에 머리를 끄덕였다.

덱스터가 물었다.

“루는 어디 있어?”

"벌써 올라갔어. 옷 갈아입고 있을 거야."

나는 의심쩍어하며 물었다.

"아니, 브리지 게임을 하려고 옷을 입는 거야?"

진이 웃음을 터뜨렸다.

"내 말은 운동 팬츠를 갈아입으러 갔다는 거예요. 두 사람, 편안한 옷으로 갈아입고 내려와요. 하녀가 방으로 안내해줄 거예요."

나는 농담조로 말했다.

"너도 운동 팬츠를 갈아입어야 하는 거 아냐? 적어도 한 시간은 입고 있었을 텐데."

그녀가 라켓으로 내 손을 살짝 때렸다.

"난 땀 안 흘려요! 그럴 나이는 지났다고요!"

"그럼 시합에서 졌겠군. 그렇지?"

"그래요!"

그녀가 또다시 웃었다. 그녀는 자신이 웃을 때 예뻐 보인다는 걸 알고 있었다.

덱스터가 말했다.

"그렇다면 나도 위험을 무릅쓰고 한 게임 하자고 제안할 수 있을 것 같은데. 물론 당장은 아니고 내일 아침에 말이야."

"물론이지."

내가 잘못 생각하는 건지도 모르지만, 그녀는 덱스터가 아닌 나와 테니스를 치기로 했다면 더 좋아했을 것이다.

진에게 말했다.

"좋아. 만일에 코트가 두 개 있다면 난 루랑 치겠어. 그리고 진 사람끼리 또 맞붙는 거야. 어떻게든 지도록 해봐, 진. 그럼 나랑 한 게임 할 수 있을 테니까 말이야."

"알겠어요."

덱스터가 마지막으로 말했다.

"자, 모두 속임수를 쓰기로 했으니까 난 틀림없이 지겠군."

우리는 모두 웃기 시작했다. 우습지는 않았다. 하지만 조금 어색해진 분위기를 부드럽게 풀어줘야만 했다. 덱스터와 나는 진을 따라 그녀의 집으로 향했고, 그녀는 풀 먹인 흰색 헝겊 모자를 쓴 빼빼 마른 흑인 하녀에게 우리를 맡겼다.

12

방에서 옷을 갈아입은 다음 덱스터를 비롯한 다른 손님들이 기다리는 아래층으로 내려갔다. 두 쌍의 남녀가 있었고, 진은 여자들 중 한 명, 그리고 두 남자와 브리지 게임을 하고 있었다. 루도 거기 있었다. 나는 덱스터가 게임을 하지 않는 여자를 상대하도록 내버려둔 채 춤곡을 들으려고 라디오

다이얼을 돌렸다. 스탠 켄턴• 방송에 주파수를 맞추었다. 아무것도 하는 일 없이 빈둥거리는 것보다는 그거라도 듣는 게 낫다 싶었다. 루는 새로운 향수를 뿌리고 나왔다. 나는 그 향수가 저번 것보다 더 마음에 들었으면서도 그녀를 놀려주고 싶어졌다.

"향수 바꿨군, 루."

"그래요. 맘에 안 들어요?"

"아니, 좋아. 하지만 그게 안 맞는다는 걸 알 텐데."

"뭐가요?"

"향수를 바꾸는 건 규칙에 어긋난다고. 진짜 우아한 여성은 한 가지 향수에 충실해야 하니까."

"그런 말을 어디서 들었어요?"

"모든 사람이 다 아는 사실이지. 아주 오래된 프랑스 관례라고."

"여긴 프랑스가 아네요."

"그럼 왜 프랑스 향수를 쓰는 거야?"

"최고니까요."

"물론 그건 그렇지. 하지만 한 가지 관례를 존중한다면 모든 관례를 존중해야 하는 거야."

• 미국의 재즈 피아니스트이자 작곡가 스탠 켄턴(1912~1979).

"말해봐요, 리 앤더슨. 도대체 어디서 그런 걸 주워들은 거예요?"

"그게 바로 교육의 혜택이지."

"어느 학교 나왔는데요?"

"네가 알고 있는 학교는 한 군데도 안 나왔어."

"그게 무슨 말이죠?"

"영국과 아일랜드에서 공부를 마치고 미국으로 돌아왔거든."

"그럼 왜 지금 하는 일을 하는 거죠? 더 많은 돈을 벌 수도 있었을 텐데 말이에요."

"난 내가 하고 싶은 걸 할 수 있을 만큼 충분히 벌고 있어."

"가족 관계는요?"

"남자 형제가 두 명 있었지."

"그리고?"

"동생은 죽었어. 사고로."

"또 한 명은요?"

"지금도 살아 있어. 뉴욕에."

"그분이랑 알고 지내고 싶어요……."

그녀는 덱스터와 지키의 집에서 보여주었던 자신의 그 냉담한 태도는 물론이고, 그때 내가 했던 행동도 모두 잊어버린 듯했다.

"모르고 지내는 편이 나을 것 같은데."

나는 정말 그렇게 생각했다. 하지만 그녀가 다 잊었을 거란 나의 짐작은 틀렸다.

"당신 친구들은 다들 이상해요."

그녀가 느닷없이 화제를 바꾸어 이렇게 말했다.

우리는 계속 춤을 추었다. 음악이 끊이지 않고 이어졌다. 그 덕분에 나는 그녀에게 대답하지 않을 수 있었다.

그녀가 물었다.

"지난번에 언니한테 뭘 어떻게 한 거예요? 언니가 예전 같지 않아요."

"아무 짓도 안 했어. 그냥 술을 깨도록 도와준 것뿐이야. 나만 아는 특별한 방법으로 말이야."

"당신이 지금 농담을 하는 건지 아닌지 잘 모르겠지만 당신, 도대체 어떤 사람인지 짐작이 잘 안 가요."

난 자신 있게 대답했다.

"난 수정처럼 투명한 사람이야!"

이번에는 그녀가 아무 대답도 하지 않고 몇 분 동안 춤에만 몰두했다. 그녀는 마음이 풀렸는지 내 품에 안긴 채 아무 생각도 안 하는 듯했다.

결국 그녀가 입을 열었다.

"나도 그 자리에 있었어야 했는데."

“나 역시 그걸 아쉬워하고 있어. 그랬더라면 넌 지금쯤 조용했을 텐데 말이야.”

이 말을 하는 순간, 귀 뒤쪽으로 뜨거운 열기가 치밀어 올라왔다. 진의 몸뚱이가 생각났다. 진과 루, 두 사람 모두 내 걸로 만든 다음 사실대로 얘기하고 둘 다 죽여버리는 것. 가능한 일이 아니다…….

“내가 보기에 넌 말이랑 생각이 일치하지 않아.”

“어떻게 얘기해야 내가 그렇게 생각한다고 당신이 믿을지 모르겠네요.”

그녀는 내가 유식한 척한다면서 강력하게 항의하더니 오스트리아의 정신과 의사처럼 말한다고 비난했다. 좀 심하다는 생각이 들었다.

그래서 그녀에게 설명했다.

“넌 내가 어느 순간에 진실을 말한다고 생각하지?”

“난 당신이 아무 말 안 할 때가 더 좋아요.”

“그리고 내가 아무 짓 하지 않을 때 더 좋지?”

나는 그녀를 조금 더 세게 껴안았다. 눈을 내리까는 걸 보니 내 말뜻을 알아차린 게 분명했다. 하지만 나는 그녀를 쉽게 포기할 생각이 없었다. 게다가 그녀는 이렇게까지 말했다.

“그거야 당신이 어떻게 행동하냐에 따라 달라지죠.”

“그렇다면 내 모든 행동을 인정하지 않는다는 거야?”

"만일 당신이 모든 사람에게 그렇게 한다면 전혀 바람직하지 않겠죠."

목표가 점점 더 가까워지는 게 느껴졌다. 기회가 무르익어 가고 있다. 조금만 더 노력하면 된다. 확실히 해두고 싶었다.

"수수께끼 같은 말만 하는군. 도대체 무슨 얘기를 하는 거야?"

이제 그녀는 눈만 내리까는 게 아니라 머리까지 숙였다. 키가 나보다 훨씬 작았다. 머리에 커다란 흰색 카네이션이 꽂혀 있었다. 그녀가 대답했다.

"내가 무슨 말을 하는지 잘 알잖아요. 저번에 당신이 긴 의자 위에서 내게 한 거 말이에요."

"그래서?"

"만나는 여자마다 다 그걸 하는 거예요?"

내가 큰 소리로 웃자 그녀가 내 팔을 꼬집으며 말했다.

"놀리지 말아요. 난 바보가 아녜요."

"물론 바보가 아니지."

"내 질문에 대답해요."

"모든 여자랑 그걸 하지는 않아. 솔직히 말하자면, 그걸 하고 싶다는 생각이 드는 여자는 아주 적어."

"또 말도 안 되는 소리를 하네요. 난 당신 친구들이 어떻게 행동하는지 다 봤다고요……."

"친구들 아냐. 그냥 알고 지내는 사이일 뿐이지."

"말장난하지 말아요. 그냥 알고 지내는 사람들이랑 그걸 한다고요?"

"그런 여자애들이랑 그걸 하고 싶어 한다고 생각해?"

"그래요. 많은 사람이랑 많은 일을 할 때도 있잖아요."

나는 이 말이 나온 틈을 이용해서 그녀를 조금 더 힘껏 껴안았다. 그러면서 그녀의 가슴을 쓰다듬으려고 했다. 하지만 아직 때가 아니었다. 그녀는 천천히, 그러나 단호하게 내게서 몸을 빼냈다.

그녀가 말했다.

"저번엔 내가 좀 취했었어요."

"그랬던 것 같지 않은데……."

"어머? 그럼 만약에 내가 안 취했었으면 당신이 하는 대로 가만있었을 거라고 믿는 거예요?"

"물론이지."

그녀는 다시 머리를 숙였다가 쳐들더니 말했다.

"내가 아무 남자랑 춤출 거라고 믿는 건 아니죠?"

"난 그 아무 남자야."

"아녜요. 잘 알면서."

이렇게 사람을 피곤하게 만드는 대화는 해본 적 없었다. 루는 꼭 미꾸라지처럼 요리조리 피해 다녔다. 어떤 때는 고분고

분 말을 잘 듣는가 싶다가도, 또 어떤 때는 살짝 건드리기만 해도 욱했다. 하지만 나는 포기하지 않았다.

“그런데 내가 뭐가 다르다는 거야?”

“모르겠어요. 당신은 멋진 몸을 가졌지만, 또 다른 게 있어요. 예를 들면 목소리요.”

“목소리가 어떻다고?”

“평범한 목소리가 아네요.”

나는 다시 한번 실컷 웃었다.

“그래요. 당신 목소리는 더 그윽하고…… 더…… 뭐라고 표현해야 할까……. 그러니까…… 더 균형이 잡혔달까.”

“그거야 기타 반주로 노래를 해서 그런 거지.”

“아네요. 난 당신 같은 목소리를 가진 가수라든지 기타리스트를 본 적이 없어요. 당신의 목소리를 상기시키는 목소리를 들어본 건…… 그래…… 거기였어요……. 아이티. 흑인들이었죠.”

“나로선 영광인데. 그들이야말로 세계 최고의 음악가들이니까 말이야.”

“말도 안 되는 소리 하지 말아요!”

“그렇지 않아. 그들이야말로 미국 음악의 원조라고!”

“난 그렇게 생각 안 해요. 댄스 음악을 연주하는 일류 악단들은 다 백인이라고요.”

"물론 백인은 훨씬 더 나은 위치에서 흑인의 창조물을 착취하지."

"그건 맞는 얘기가 아닌 것 같은데요."

"모든 위대한 작곡가는 다 흑인이야. 예를 들어 듀크 엘링턴• 말이야."

"아뇨, 거슈윈이나 컨 등의 작곡가는 다 백인이에요."

"그들은 다들 유럽에서 이민 온 사람들이야. 두말할 것도 없이 최고의 착취자들이지. 거슈윈의 음악에는 독창적인 소절이 단 하나도 없어. 온통 발췌하고, 표절하고, 전재했을 뿐이지. 예를 들면 〈랩소디 인 블루〉에서 독창적인 부분이 한 소절이라도 있나 찾아봐."

"당신은 참 별스러운 사람이군요. 난 흑인이 정말 싫어요."

더 바랄 게 없었다. 나는 형을 생각했고, 하마터면 하느님께 감사할 뻔했다. 하지만 그녀를 너무나 간절히 원했기 때문에 그 순간에는 분노할 수 없었다. 그리고 좋은 일을 하는 데 하느님은 필요 없었다.

"너도 다른 사람들이랑 다를 게 없어. 너를 제외한 모든 사람이 발견한 것들을 자랑스러워한다고."

• 천재라 불린 미국의 재즈 음악가 듀크 엘링턴(1899~1974). 보리스 비앙은 그를 절대적으로 숭배했다.

"도대체 무슨 얘기를 하려는 거죠?"

"여행을 해봐. 오직 미국 백인만이 영화나 자동차, 나일론 양말, 경마, 혹은 재즈를 발명한 건 아니라는 사실을 알게 될 테니까."

"우리 다른 얘기 해요. 당신, 책을 너무 읽어서 이렇게 된 거예요."

다른 사람들은 옆 테이블에서 브리지 게임을 계속했다. 정말이지 이 아가씨에게 술을 먹이지 않고는 아무 일도 할 수 없을 것 같았다. 그렇다고 쉽게 포기할 수는 없었다.

"덱스터가 그러는데 이 집에 기가 막힌 럼주가 있다더군. 그 술, 신화로만 존재하는 거야? 아니면 보통 인간들도 좀 마실 수 있는 거야?"

"물론 마실 수 있죠. 당신이 목마를 거라는 사실을 깨달았어야 하는데."

내가 놓아주자 그녀는 응접실의 바 쪽으로 달려갔다.

그녀가 물었다.

"그냥 줘요? 아님 뭘 좀 타서 줘요?"

"뭘 좀 넣어줘. 오렌지주스를 좀 타면 좋겠는데. 목이 말라 죽을 지경이야."

"그거야 문제없죠."

방 반대편 끝에서 브리지 게임을 하던 사람들이 우리를 큰 소리로 불렀다.

"어이, 루! 우리 것도 좀 타줘!"

"좋아. 하지만 자기 건 자기가 가져가야 해!"

나는 그녀가 몸을 숙이는 걸 보는 게 좋았다. 그녀는 몸에 꽉 끼는 스웨터를 입었는데 목둘레가 둥글게 파여서 젖가슴 일부가 드러났고, 내가 그녀를 처음 보았던 날 그랬던 것처럼 머리칼이 모두 한쪽으로, 이번에는 왼쪽으로 젖혀져 있었다. 화장을 훨씬 덜 진하게 했고, 깨물어주고 싶을 정도로 예뻐 보였다.

"넌 정말 아름다워."

그녀가 럼주 병을 손에 든 채 몸을 일으켰다.

"또 시작이네. 그러지 말아요."

"또 시작하는 게 아니라 아까 하던 얘기 계속하는 거야."

"그럼, 하던 얘기 계속하지 말아요. 당신이랑은 너무 빨라요. 그래서 재미없어요."

"일이 너무 지지부진해도 안 되는 법이야."

"안 그래요. 즐거운 일은 영원히 지속돼야 하는 거예요."

"즐거운 일이 뭔지 알긴 아는 거야?"

"그럼요. 예를 들면 당신이랑 얘기하는 거요."

"그거야 너만의 즐거움이지. 넌 이기적이야."

"당신은 정말 못됐어요. 나랑 이렇게 얘기하는 게 지겨운 거예요!"

"난 널 볼 때마다 네가 말하는 게 아닌 다른 무언가에 어울린다는 생각이 절로 들어. 그렇다고 널 쳐다보지 않고 말할 수는 없어. 하지만 난 꼭 너랑 계속해서 얘기를 나누고 싶어. 그동안에는 브리지 게임을 하지 않아도 되니까."

"브리지 게임, 안 좋아해요?"

그녀가 잔을 가득 채우더니 내게 내밀었다. 나는 그걸 받아서 반쯤 비웠다.

"이거 좋은데."

나는 잔을 가리켰다.

"그리고 네가 날 위해 이걸 만들어줘서 기분이 좋아."

그녀가 얼굴을 붉혔다.

"당신이 그렇게 말하니 나도 정말 기분이 좋아요."

"난 다른 수많은 방법으로도 널 즐겁게 해줄 수 있어."

"잘난 척하지 말아요. 당신은 자기가 늠름한 체격을 갖고 있으니 모든 여자가 다 그걸 원한다고 생각하나봐요."

"원한다니, 뭘?"

"육체적인 거요."

"그걸 원하지 않는 여자들이 있다고 치자. 그건 그런 여자들이 단 한 번도 그걸 해보려고 하지 않았기 때문이야."

"말도 안 돼."

“넌 시도해봤어?”

그녀는 대답하지 않고 손가락을 비틀어 꼬더니 결심한 듯 말했다.

“당신이 지난번에 나한테 했던 거…….”

“응?”

“그거, 썩 유쾌하지 않았어요. 아니…… 견디기 힘들었어요!”

“그래도 싫지는 않았지?”

“네…….”

그녀가 들릴락 말락 한 목소리로 대답했다.

나는 더 묻지 않고 잔을 비웠다. 나로서는, 말하자면 잃어버린 땅을 되찾은 셈이었다. 젠장, 이 아이 때문에 또 얼마나 힘든 시간을 보내야 한단 말인가! 하지만 고생 끝에야 잡을 수 있는 물고기가 반드시 있는 법이다.

진이 잔을 가지러 왔다.

“루랑 있으니까 따분하지 않아요?”

그러자 그녀의 동생이 소리쳤다.

“언니도 참! 말도 안 되는 얘길 하고 있어!”

“루는 정말 매력적이야. 진짜로 맘에 들어. 루에게 청혼해도 될까?”

내가 말하자 진이 대답했다.

"절대 안 돼요. 내가 우선이니까."

루가 소리쳤다.

"그럼 난 어떻게 되는 거야? 버림받은 거야?"

진이 말했다.

"넌 어리잖아? 그러니까 아직 시간이 있어. 하지만 난……."

나는 웃었다. 진은 사실 동생보다 겨우 두 살밖에 안 많아 보였다.

루가 말했다.

"그렇게 바보같이 웃지 말아요. 언니, 벌써 팍 늙어버린 것 같지 않아요?"

정말이지 난 이 자매가 좋다. 그리고 두 사람은 서로 잘 통하는 것 같다.

루에게 말했다.

"만일 네가 나이 들어서도 지금처럼 예쁘다면 난 너희 두 사람 모두랑 결혼하고 싶어."

진이 대꾸했다.

"말도 안 돼. 난 가서 브리지 게임이나 할래. 이따가 나랑 춤춰요."

루가 말했다.

"아, 안 돼. 이번에는 나한테 우선권이 있어. 언니는 가서 카드 게임이나 해."

우리는 다시 춤추기 시작했지만, 곧 음악이 바뀌었다. 그래서 나는 저린 다리도 풀 겸 집 밖이나 한 바퀴 돌고 오자고 루에게 제안했다.

그녀가 대답했다.

"당신이랑 단둘이 있어도 괜찮을지 모르겠네요."

"걱정할 거 없어. 크게 소리 한번 지르면 될 텐데, 뭘."

그녀가 항의하듯 말했다.

"흥! 그랬다가 사람들한테 바보 취급 받으라고요?"

"좋아. 네가 괜찮다면 난 술이나 마시겠어."

나는 바 쪽으로 가서 럼주에 다른 걸 섞었다. 루는 그 자리에 그대로 서 있었다.

"마실래?"

그녀는 노란 눈을 감으며 머리를 저었다. 나는 그녀를 혼자 놓아두고 방을 가로질러 가서 진이 게임하는 걸 구경했다.

진에게 말했다.

"네게 행운을 가져다주려고 왔지."

"시간 맞춰 잘 왔어요!"

그녀는 환한 미소를 지으며 내 쪽으로 살짝 몸을 돌렸다.

"나, 130달러나 잃었어요. 그러니 기분이 좋겠어요?"

"그거야 남아 있는 재산이 얼마냐에 따라 달라지겠지."

그러자 그녀가 제안했다.

"이제 그만할까요?"

게임을 꼭 해야겠다는 마음은 없었던 것 같은 다른 세 사람이 동시에 일어섰다. 덱스터는 벌써 오래전에 나머지 여자를 데리고 정원으로 나가고 없었다.

"요거밖에 없어요?"

진이 불만스러운 듯 라디오를 가리키며 물었다.

"내가 더 멋진 걸 찾아볼게요."

그녀는 다이얼을 이리저리 돌리더니 춤을 출 만한 곡을 찾아냈다. 두 남자 중 한 명이 루에게 춤을 추자고 청했다. 다른 두 사람도 함께 춤을 추었다. 나는 시작하기 전에 진을 데리고 술을 마시러 갔다. 나는 그녀가 뭘 필요로 하는지 알고 있었다.

13

나는 루와 오랫동안 대화를 나눈 뒤로는 그녀에게 아무 말도 하지 않다가 덱스터와 함께 잠을 자러 올라갔다. 우리 방은 2층에 있는 자매의 방과 같은 쪽에 있었다. 부모들은 다른 건물에 있는 방을 썼다. 같은 마을에 사는 친구들은 다들 집으로 돌아갔다. 부모들이 다른 건물에 살고 있다고 했지만, 당시 그들은 뉴욕인지 하와이인지 어딘지에 가고 없었다. 내 방에 이어 덱스터의 방, 진의 방, 마지막으로 루의 방, 이런 순서였다. 말하자면 루의 방으로 쳐들어가는 데 전혀 유리하지 않은 배치였던 것이다.

나는 옷을 벗고 기분 좋게 샤워하면서 말총으로 만든 목욕장갑으로 온몸을 박박 문질렀다. 덱스터가 자기 방에서 조금씩 몸을 움직이는 소리가 들렸다. 그는 방에서 나갔다가 오 분쯤 뒤에 돌아왔고, 이윽고 잔을 채우는 소리가 들려왔다. 아래층에 내려가서 술을 가져온 모양이었다. 나쁜 생각은 아닌 듯했다. 나는 그의 방과 욕실 사이에 있는 샛문을 살그머니 두드렸다. 그가 즉시 다가왔다.

문을 통해 말했다.

"이봐, 덱스터. 내가 꿈을 꾼 거야? 아니면 술병 부딪치는 소리를 들은 거야?"

"한 병 줄게요. 두 병 갖고 올라왔거든요."

럼주였다. 잠을 자야 할 때 혹은 깨어 있어야만 할 때 이보다 더 좋은 건 없다. 나는 깨어 있을 생각이었으나 덱스터가 곧 잠자리에 눕는 소리를 들었다. 덱스터가 술을 마신 건 나와는 다른 목적에서였다.

삼십 분 정도 기다렸다가 방을 살그머니 빠져나왔다. 팬티 위에 잠옷 윗도리를 걸쳤다. 나는 잠옷 바지를 입는 게 싫다. 왠지 몸에 익지 않는다.

복도는 어두웠지만, 그렇다고 헤맬 정도는 아니었다. 성큼성큼 앞으로 걸어갔다. 야구 경기를 해도 소리가 안 날 것 같은 푹신푹신한 양탄자가 깔려 있었다. 루의 방문을 살그머니 두드렸다.

그녀가 다가오는 소리가 들렸다. 아니, 다가오는 게 느껴졌다고 해야 할 것이다. 그리고 자물쇠가 돌아갔다. 나는 그녀의 방 안으로 미끄러져 들어가서 옻칠을 한 나무 문을 닫았다.

루는 바가스 걸•에게서 훔쳐 온 게 틀림없을 것 같은 근사한 흰색 실내복을 입고 있었다. 나는 그녀가 레이스로 된 브래지어를 차고 브래지어와 세트인 듯한 작은 팬티를 입고 있는 것도 똑똑히 보았다.

"아직도 나한테 화가 나 있는지 보려고 왔지."

그러자 그녀가 불만스러운 목소리로 대답했다.

"여기 있으면 안 돼요."

"그럼 문은 왜 열어준 거지? 누가 문을 두드린다고 생각한 거야?"

"몰라요, 난! 아마도 수지……."

"수지는 자고 있어. 다른 하녀들도 잠들었고. 잘 알잖아."

• 페루 출신의 미국 화가인 앨버토 바가스(1896~1982)의 이름에서 따온 말로, 에로틱하거나 이상적인 아름다움을 표현한 그림이나 사진 속의 여성을 말한다.

"도대체 원하는 게 뭐죠?"

"이거지."

나는 그녀를 잽싸게 붙들고 격렬하게 키스했다. 그동안 내 왼손이 뭘 어떻게 했는지 아무런 기억이 없다. 하지만 루는 발버둥을 치는가 싶더니 내 왼쪽 귀를 주먹으로 있는 힘껏 후려쳤다. 나는 그녀를 놓아주었다.

그녀가 말했다.

"당신은 야만인이에요."

머리에 웨이브를 약하게 주고 한가운데 가르마를 타서 빗질한 그녀는 정말 섹시해 보였다. 하지만 나는 그냥 가만히 있었다. 럼주가 나를 도와주었다.

"넌 소리가 너무 커. 틀림없이 진이 들었을 거야."

"언니 방이랑 내 방 사이에는 욕실이 있어요."

"잘됐군!"

나는 다시 그녀에게 다가가서 실내복을 벗겼다. 그러고는 그녀의 팬티까지 벗기는 데 성공했으나 그녀는 다시 나를 후려치려고 했다. 하지만 나는 그녀의 두 손목을 움켜잡은 다음 등 뒤로 돌려 꼼짝 못 하게 만들었다. 그녀의 두 손은 내 오른손 안에 얌전하게 놓여 있었다. 그녀는 소리 없이, 그러나 맹렬하게 반항하며 무릎으로 나를 치려고 했다. 하지만 나는 왼손을 그녀 허리의 잘록한 부분으로 슬그머니 집어넣어서 힘껏 껴안았다. 그녀가 나를 물어뜯으려고 했다. 손이 하나 더 있으면 좋으련만. 나는 음모가 곱슬곱슬한 그녀의 성기가 내 오른쪽 넓적다리에 닿는 게 느껴지자 그녀를 방바닥에서 살짝 들어 올렸다. 하지만 그 빌어먹을 팬티를 벗을 수 없었다. 나는 그녀를 거칠게 침대 쪽으로 떼밀었다.

"좋아. 결국 넌 지금까지 요리조리 요령껏 잘 빠져나갔어. 이따위 별것도 아닌 걸로 공연히 애쓰다니 내가 바보 같은 놈이지."

루는 울음을 터뜨리기 직전이었다. 하지만 그녀의 눈은 분노로 가득했다. 그녀가 다시 옷을 입지 않아서 나는 눈요기를 할 수 있었다. 그녀의 음모는 아스트라한산 모피처럼 검고 두꺼웠으며 반짝거렸다.

나는 몸을 돌려 문 쪽으로 걸어갔다.

"잘 자. 나 때문에 속옷이 좀 찢어졌는데, 미안해. 새걸로 사주겠다는 말은 도저히 못 하겠어. 하지만 네가 틀림없이 계산서를 보낼 거라고 생각해."

물론 내가 그쪽으로 소질이 있기는 했지만, 이보다 더 못되게 구는 건 나로서도 어려웠다. 그녀는 아무 대답도 하지 않았다. 하지만 나는 그녀가 주먹을 꽉 움켜쥐며 입술을 깨무는 모습을 보았다. 그녀가 별안간 내게서 등을 돌렸고, 아주 짧은 순간, 나는 그녀의 뒷모습을 보며 감탄했다. 참으로 애석

한 일이었다. 나는 몹시 야릇한 기분을 느끼며 방을 나왔다.

거침없이 옆방 문을 열었다. 진의 방이었다. 그녀는 문을 잠가놓지 않았다. 나는 조용히 욕실로 가서 니켈로 도금된 빗장을 질렀다.

그런 다음 윗도리와 팬티를 벗었다. 방은 은은한 불빛으로 밝혀져 있었으며, 오렌지색 벽지가 분위기를 푸근하게 만들어주었다. 진은 완전히 벌거벗은 채 낮은 침대 위에 배를 깔고 엎드려서 손톱을 다듬고 있었다. 그녀는 내가 방에 들어서자 고개를 돌리더니 문 닫는 걸 지켜보았다.

그녀가 말했다.

"뻔뻔스러운 사람이네!"

"그래, 맞아. 그리고 넌 날 기다리고 있었잖아."

그녀는 웃으며 침대 위를 뒹굴었다. 나는 그녀 옆에 앉아 그녀의 허벅지를 쓰다듬었다. 그녀는 열 살짜리 소녀처럼 수줍어했다. 그녀가 일어나 앉더니 내 이두근을 만져보았다.

"정말 멋진 몸매예요!"

"아니, 난 갓 태어난 양처럼 허약해."

그녀는 내게 자기 몸을 문지르며 키스하다가 갑자기 물러나 입술을 닦았다.

"루의 방에 갔다 왔군요. 당신 몸에서 그 애 향수 냄새가 나요."

그 빌어먹을 습관에 대해서는 미처 생각하지 못했다. 진의 목소리가 떨렸고, 내게서 눈길을 돌렸다. 그녀의 어깨를 움켜잡았다.

"왜 그러는 거야?"

"당신에게서 그 애 향수 냄새가 난다고요!"

"사과하러 갔었어. 아까 낮에 나 때문에 기분이 상했었거든."

루가 거의 벌거벗은 채 방 한가운데에 아직도 서 있을지 모른다고 생각하자 더 흥분되었다. 진이 그 사실을 깨닫고 얼굴을 붉혔다.

그녀에게 물었다.

"왜, 신경 쓰여?"

그녀가 중얼거리듯 대답했다.

"아뇨, 만져봐도 돼요?"

나는 그녀 옆에 드러누운 다음 그녀에게도 누우라고 했다. 그녀의 두 손이 내 몸 위를 조심스럽게 미끄러져 움직였다.

그녀가 낮은 목소리로 말했다.

"당신은 정말 단단해요."

이제 우리는 서로를 마주 보고 누웠다. 나는 그녀를 살그머니 밀어서 반대쪽으로 돌려놓은 다음 가까이 다가갔다. 그녀는 내가 삽입할 수 있도록 두 다리를 벌렸다.

그녀가 말했다.

"아프게 하지 말아요."

"물론이지."

손으로 그녀의 젖가슴을 아래쪽에서 위쪽으로 밀어 올리며 애무했을 뿐인데도 그녀가 내게 몸을 갖다 붙인 채 떠는 게 느껴졌다. 그녀의 둥글고 뜨거운 엉덩이가 내 넓적다리 안쪽에 꽉 끼어 있었고, 그녀는 거칠게 숨을 내쉬었다.

나지막한 목소리로 물었다.

"불 끌까?"

"아뇨, 그냥 이게 좋아요."

나는 내 왼손을 그녀의 아랫도리에서 빼낸 뒤 그녀의 머리칼을 오른쪽 귀 뒤로 넘겨주었다. 여자에게 키스하고 귀를 잘근잘근 깨무는 게 얼마나 효과적인지 모르는 사람이 많지만, 사실 이것처럼 좋은 방법이 없다. 진이 뱀장어처럼 몸을 비비 꼬았다.

"하지 말아요."

나는 곧바로 멈췄지만, 그녀는 내 손목을 움켜잡더니 으스러질 듯 나를 꼭 껴안았다.

"더 해줘요."

나는 더 오랫동안 그렇게 했다. 별안간 그녀의 몸이 팽팽해지는가 싶더니 다시 느슨해졌고, 그녀가 머리를 떨어뜨렸다. 내 손이 그녀의 배를 따라 미끄러져 내렸다. 나는 그녀가 뭔가를 느꼈다는 걸 눈치챘다. 나는 그녀의 목덜미에 입술을 대는 둥 마는 둥 하며 입맞춤을 되풀이했다. 내 입술이 목으로 옮겨가면 옮겨갈수록 그녀의 피부가 더욱더 팽팽해지는 게 느껴졌다. 그러다가 나는 아주 천천히 내 페니스를 잡아 그녀의 몸속으로 밀어 넣었다. 그게 너무나 수월하게 이루어져서 그녀는 내가 그걸 움직이기 전까지는 그 사실조차 깨닫지 못했던 듯했다. 그건 전희를 얼마나 공들여 하느냐에 달렸다. 하지만 그녀는 허리를 살짝 움직여 몸을 빼냈다.

그녀에게 물었다.

"왜, 아파?"

"더 애무해줘요. 밤새도록요."

"그럴 생각이야."

나는 그녀를 다시 한번, 이번에는 거칠게 소유했다. 하지만 그녀가 만족하기 전에 몸을 빼냈다.

그러자 그녀가 중얼거렸다.

"당신은 날 미치게 만드는군요……."

그러고는 두 팔로 머리를 감싸며 엎드렸다. 나는 그녀의 허리와 엉덩이에 키스하고 나서 그녀의 몸 위에 무릎을 꿇었다.

"다리 벌려봐."

그녀는 아무 말 없이 천천히 두 다리를 벌렸다. 나는 그녀의 허벅지 사이로 슬그머니 손을 집어넣어 다시 나의 페니스를 가져갔다. 하지만 이번에는 길을 잘못 들었다. 그녀의 몸이 다시 경직되었으나 나는 그만두지 않았다.

그녀가 말했다.

"안 할래요."

"무릎을 꿇어봐."

"싫어요."

이렇게 말하며 그녀는 허리를 활처럼 휘더니 무릎을 세웠다. 그녀는 두 팔로 머리를 감싸고 있었다. 나는 천천히 목적을 달성했다. 그녀는 아무 말도 하지 않았다. 하지만 나는 그녀의 배가 위아래로 움직이고 숨이 가빠지는 걸 느낄 수 있었다. 나는 그녀에게서 몸을 떼어내지 않고 함께 옆으로 쓰러졌다. 그녀의 감긴 두 눈에서 눈물이 흘러내리고 있었다. 하지만 그녀는 그냥 그대로 있어달라고 말했다.

14

나는 아침 5시에 내 방으로 돌아왔다. 진은 내가 놓아주었을 때도 몸을 움직이지 않았다. 기진맥진한 것이었다. 다리가 좀 후들거리기는 했지만 10시에는 침대를 빠져나오는 데 성공했다. 덱스터가 가져다준 럼주가 큰 도움이 된 것 같았다.

나는 차가운 물로 샤워를 한 다음 덱스터에게 잠깐 복싱이나 하자고 말했다. 그는 있는 힘을 다해 주먹질했고, 그 덕분에 나는 활력을 되찾을 수 있었다. 나는 진이 지금 어떤 상태일까 생각했다. 덱스터는 럼주를 너무 많이 마셨다. 2미터 정도 떨어져 있는데도 술 냄새가 확 풍겼다. 나는 우유를 3리터 마신 다음 골프를 쳐보라고 충고했다. 그는 진이랑 테니스를 칠 생각이었지만 그녀는 아직 일어나지도 않았다. 점심을 먹으러 내려갔다. 루가 식탁에 혼자 앉아 있었다. 짧은 주름치마와 밝은색 실크 블라우스 위에 사슴 가죽으로 만든 재킷을 걸치고 있었다. 정말이지 그녀를 갖고 싶었다. 하지만 그날 아침에 나는 비교적 침착했다. 그녀에게 인사했다.

"안녕."

그녀의 태도가 차가웠다. 아니, 슬프게 보였다.

"나한테 아직 화나 있는 거야? 어젯밤에 사과했는데."

"당신은 어쩔 수 없는 사람인 것 같아요. 하기야 원래 그렇게 태어났으니까."

"아냐, 크면서 그렇게 된 거지."

"난 당신이 무슨 얘기를 하든 관심 없어요."

"넌 너무 어려서 그런 얘기에 관심을 가지려야 가질 수 없어……."

"당신이 방금 그런 말 한 것, 후회하도록 해주겠어요, 리."

"어떻게 할 건지 한번 보고 싶군."

"그 얘긴 그만해요. 나랑 단식 게임 한번 할래요?"

"좋지. 그러잖아도 몸을 좀 풀려고 했는데."

그녀의 얼굴에 저절로 웃음이 떠올랐고, 점심 식사를 마치자마자 나는 그녀를 따라 코트로 갔다. 그녀는 오랫동안 토라지는 성격이 아니었다.

우리는 12시까지 테니스를 쳤다. 다리에 감각이 없어지면서 모든 게 다 흐릿해 보이기 시작했다. 바로 그때, 진과 덱스터가 각각 다른 쪽에서 모습을 나타냈다. 그들 역시 나만큼이나 몸 상태가 엉망이었다.

진에게 말했다.

"안녕! 활기차 보이는데."

그녀가 소리쳤다.

"당신이나 가서 거울 좀 보고 와요."

"그건 루 잘못이야."

그러자 루가 분개하며 소리쳤다.

"덱스터가 저렇게 완전히 나가떨어진 것도 내 잘못이에요? 다들 럼주를 너무 많이 마셔서 그런 거라고요. 오, 덱스터! 5미터나 떨어져 있는데도 술 냄새가 나잖아!"

그러자 덱스터가 격렬하게 항의했다.

"리는 2미터라고 하던데, 왜 그래?"

"내가 그렇게 말했다고?"

덱스터가 루에게 말했다.

"루, 가서 나랑 게임이나 한판 하자."

"그건 공평하지 않아. 넌 언니랑 게임하기로 돼 있었잖아?"

그러자 진이 소리쳤다.

"안 돼! 리, 이리 와요. 나랑 같이 말이나 한번 타고 아침 먹으러 가요."

덱스터가 짐짓 놀란 척 물었다.

"아니, 이 동네에선 도대체 몇 시에 아침을 먹는 거야?"

진이 대답했다.

"식사 시간이 정해져 있진 않아."

그녀는 내게 팔짱을 끼더니 나를 주차장으로 데려갔다.

그녀에게 물었다.

"덱스터 차를 타고 갈까? 좋은 차니까 더 편할 거야."

그녀는 대답하지 않았다. 내 팔을 꽉 잡더니 몸을 최대한 밀착시킬 뿐이었다. 나는 그냥 사소한 얘기를 나눠보려고 애썼으나 그녀는 여전히 아무 대답도 하지 않았다. 그녀는 차에 타기 위해 내 팔을 놓았지만 내가 운전석에 앉자 또다시 운전에 방해되지 않는 선에서 최대한 내게 몸을 갖다 붙였다. 나는 후진으로 출입로를 빠져나왔다. 철문이 열려 있었다. 우회전했다. 그 길이 어디로 이어지는지는 알지 못했다.

진에게 물었다.

“교외로 한번 나가볼까?”

그녀가 중얼거리듯 대답했다.

“어디든지 가요…….”

나는 룸 미러로 그녀를 바라보았다. 눈을 감고 있었다.

“이봐, 잠을 너무 자서 머리가 멍해진 거 아냐?”

그녀가 미친 여자처럼 벌떡 몸을 일으키더니 두 손으로 내 얼굴을 감싸고 키스했다. 조심스럽게 브레이크를 밟았다. 그녀가 그러는 바람에 시야가 대폭 줄어들었다.

“키스해줘요, 리…….”

“시내를 빠져나갈 때까지만 기다려.”

“사람들이 봐도 괜찮아요. 소문나도 상관 없다고요.”

“그럼 네 평판은?”

“그건 당신이 신경 안 써도 돼요. 자, 키스해줘요.”

오 분 정도 키스하는 거야 괜찮다. 하지만 줄곧 그것만 하고 있을 수는 없다. 그녀와 잠을 자고 그녀의 마음을 이리저리 흔들어놓는 것, 그건 좋다. 하지만 키스는 안 된다. 그녀에게서 몸을 빼냈다.

“자, 얌전하게 굴어.”

“키스해줘요, 리. 제발 부탁이에요.”

나는 다시 액셀러레이터를 밟고 첫 번째 길에서 우회전했다가 다시 좌회전했다. 그녀가 내게서 떨어져 뭔가 다른 것을 붙잡도록 그녀의 몸을 뒤흔들어놓기 위해서였다. 하지만 패커드 자동차에는 그게 통하지 않았다. 차가 흔들리지 않았다. 진은 그 틈을 이용해서 다시 내 목에 팔을 둘렀다.

"자신 있게 얘기하는데, 온 마을 사람이 널 두고 수군댈걸."

"사람들이 훨씬 더 떠들어댔으면 좋겠어요. 그들은 엄청나게 불쾌해할걸요. 우리가……."

"우리가?"

"우리가 결혼했다는 걸 알게 되면 말이에요."

젠장! 진은 지나치게 서둘러대고 있었다. 사람들은 쥐오줌풀을 본 고양이 같은, 죽은 개구리를 본 폭스테리어 같은 반응을 보일 것이다. 절대 우리를 가만 내버려두지 않을 것이다.

"우리 결혼하는 거야?"

그녀는 고개를 숙이더니 내 오른손에 입을 맞추었다.

"물론이죠."

"언제?"

"지금."

"일요일은 안 돼."

"왜요?"

"안 된다고. 바보 같은 짓이야. 너희 부모님이 동의하지 않을 거야."

"상관없어요."

"난 돈도 없어."

"우리 둘이 살 정도만 있으면 돼요."

"나 혼자 살기도 벅차."

"돈은 부모님이 주실 거예요."

"그럴 것 같지 않은데. 너희 부모님은 내가 어떤 사람인지 몰라. 게다가 너도 날 모르긴 마찬가지야."

그녀는 붉어진 얼굴을 내 어깨에 감추었다.

그녀가 낮은 목소리로 말했다.

"아니, 난 당신을 알아요. 기억만으로도 당신을 묘사할 수 있는걸요. 전부 다 말이에요."

나는 어떻게 되나 한번 보자 하는 심정으로 말했다.

"많은 여자가 날 그런 식으로 묘사할 수 있을 거야."

그녀는 아무 반응도 보이지 않았다.

"상관없어요. 이제부터는 그렇게 못 할 테니까."

"하지만 넌 나에 대해서 아무것도 몰라."

"난 당신에 대해서 아무것도 몰랐었죠."

그녀는 같은 제목을 가진 듀크의 곡•을 콧노래로 흥얼거렸다.

• 듀크 엘링턴(1899~1974)의 〈I Didn't Know about You〉(1944).

“나에 대해 모르는 건 지금도 마찬가지야.”

그러자 그녀가 노래를 멈추고 말했다.

“그럼 당신에 대해 얘기해줘요.”

“흐음, 어떻게 해야 네가 나랑 결혼하겠다는 생각을 버릴지 모르겠군. 내가 사라져주는 것 말고 말이야. 그런데 난 그럴 생각이 없단 말이지.”

나는 ‘루를 갖기 전에는’이라는 말을 덧붙이지 않았지만, 그게 바로 내 생각이었다. 진은 나와의 결혼을 기정사실로 받아들였다. 그녀는 내 손아귀에 있다. 이제는 서둘러 루를 정복해야 한다. 진은 내 무릎에 머리를 올려놓은 채 좌석의 나머지 부분에 자기 몸을 뉘었다.

“당신 얘기를 해줘요. 제발 부탁이에요, 리.”

“좋아.”

나는 캘리포니아주 어딘가에서 태어났으며, 아버지가 스웨덴 출신이라 나도 금발이라고 알려주었다. 또 아주 가난했으므로 어린 시절을 힘들게 보냈고, 아홉 살 때 본격적으로 시작된 대공황 때문에 기타 연주로 푼돈을 벌어야 했다. 그러다 열네 살 때 다행스럽게도 내게 관심을 가진 어떤 사람을 만났고, 그가 나를 유럽으로 데려가준 덕분에 영국과 아일랜드에 10여 년간 머물렀다…….

이 모든 건 순전히 지어낸 얘기였다. 물론 유럽에서 10년을 보낸 건 맞는다. 하지만 상황은 전혀 달랐고, 내가 배운 모든 것은 나 자신과 내가 하인으로 일한 그 사람 집의 서재 덕분이었다. 나는 그 사람이 내가 흑인이라는 걸 알고 나를 어떻게 취급했는지도, 친한 친구들이 자기를 만나러 오지 않을 때마다 그가 내게 무슨 짓을 했는지도, 내가 그에게 베푼 특별 서비스에 대한 대가로 왕복 여행비에 해당하는 수표를 받은 다음 그와 헤어졌다는 사실도 말하지 않았다.

나는 톰 형과 그 아이, 그 아이가 어떻게 사고로 죽었는지에 대해서도 거짓말을 꾸며냈다. 내가 그 사고는 검둥이들 때문에 일어났고, 그들은 음흉하며 하인 노릇이나 해야 제격이라고 말하자 진은 그들이 자기 옆에 오기만 해도 머리가 돌아버릴 것 같다며 맞장구쳤다. 그 뒤 돌아와보니 부모의 집은 팔렸고 형은 뉴욕에서 살고 있었으며 동생은 세상을 떠나고 없었다. 그래서 일자리를 찾기로 했고, 형의 친구 덕분에 서점 관리인 자리를 얻을 수 있었다……. 이건 사실이었다.

그녀가 마치 내 말이 성경 말씀이나 되는 것처럼 귀를 기울였기에 나는 몇 마디 덧붙였다. 나는 그녀가 아직 스무 살이 안 됐기 때문에 그녀의 부모가 결혼을 허락하지 않을 거라는 생각이 든다고 말했다. 그러자 그녀는 이제 막 스무 살이 되었으니 부모의 동의 없이도 결혼할 수 있다고 대답했다. 하지만 나는 수입이 보잘것없었다. 그녀는 내가 남의 도움을 안

받고 정직하게 돈을 버는 게 좋으며, 부모가 틀림없이 나를 마음에 들어 해 아이티나 그들이 가진 농장들 중 한 곳에 더 괜찮은 일자리를 알아봐줄 것이라고 말했다.

그동안 나는 우리가 어디쯤 와 있는지 방향을 잡으려고 애쓰다가 결국 덱스터와 내가 거기 올 때 이용했던 도로를 찾아냈다.

당분간 내가 일을 계속하고 있으면 진이 주중에 나를 만나러 올 것이다. 그다음 아무도 우리를 방해하지 않는 남부의 어딘가에서 며칠 보내면 되겠지. 그러고 나서 결혼해 돌아오면 누구도 우리를 어찌할 수 없다.

루에게 그렇게 말할 거냐고 물었다. 진은 그럴 생각이지만 우리가 잤다는 얘기는 하지 않을 거라고 대답했고, 그 말을 하면서 다시 흥분했다. 다행스럽게도 우리는 그녀의 집에 무사히 도착했다.

15

우리는 별달리 하는 일 없이 오후를 보냈다. 진짜 가을 같았던 전날만큼 날씨가 좋지는 않았다. 나는 진과 루의 친구들과 브리지 게임을 하지 않으려고 조심했다. 덱스터의 충고가 생각났던 것이다. 겨우 모아놓은 몇백 달러를 단번에 날려버릴 수는 없는 노릇이었다. 사실 그들은 500~600달러 정도야 잃건 말건 거의 신경을 안 썼다. 그들에게 중요한 건 뭘 해서 시간을 때우는지였다.

진이 계속해서 나만 쳐다보아서 나는 단둘이 있는 틈을 이용해 조심하라고 주의를 주었다. 나는 루와 춤을 췄지만 그녀는 여전히 미심쩍어하는 눈치였다. 흥미로운 주제에 관해 대화를 나눠보려고 애썼으나 잘 되지 않았다. 그 전날 진과 밤을 거의 새다시피 했는데도 루의 젖가슴을 볼 때마다 흥분되곤 했다. 루는 춤추는 동안 내가 살짝 애무해도 가만있었다. 그 전날 그랬던 것처럼 근처에 사는 친구들은 밤늦게까지 놀다가 돌아갔고, 결국 우리 네 사람만 남았다. 진은 더 서 있을 수조차 없었는데도 여전히 그걸 하고 싶어 했고, 나는 기다려 달라고 그녀를 설득하느라 진땀을 빼야만 했다. 다행스럽게도 그녀는 피로를 더는 견뎌내지 못했다. 덱스터는 줄곧 럼주만 마셨다. 우리는 10시쯤 2층으로 올라갔다가 곧바로 책을 가지러 다시 내려왔다. 진과 다시 그걸 할 기분도 아니었고, 그렇다고 금방 침대에 누워야 할 만큼 잠이 오지도 않았다.

그러고 나서 다시 방으로 들어가보니 루가 내 침대에 앉아 있었다. 그녀는 그 전날 입었던 실내복과 새 팬티를 입고 있었다. 나는 그녀의 몸에 손대지 않고 내 방의 문과 욕실 문을 잠근 다음 그녀를 본척만척 침대에 누웠다. 옷을 벗고 있는데 그녀의 거친 숨소리가 들려왔다. 침대에 누운 나는 그녀에게 말을 걸기로 결심했다.

"오늘 밤엔 잠이 안 오나보네, 루? 내가 뭐 좀 도와줄까?"

"오늘 밤엔 그런 식으로 언니 방에 안 가는 게 확실하군요."

"왜 내가 어젯밤에 언니 방에 있었다고 생각하는 거지?"

"당신 소리를 들었으니까요."

"이상하군……. 난 아무 소리 안 냈는데 말이야."

"왜 문을 두 개 다 잠근 거예요?"

"난 항상 문을 다 잠그고 자. 잠에서 깨어났는데 누가 옆에 누워 있는 건 싫거든."

그녀는 머리끝에서 발끝까지 향수를 뿌린 게 틀림없었다. 아마 몇 킬로미터 떨어진 곳에서도 그녀의 향수 냄새를 맡을 수 있을 것이다. 화장도 깔끔하게 했다. 머리도 그 전날 밤처럼 빗어서 양쪽으로 가르마를 탔다. 손만 내밀면 잘 익은 오렌지를 따듯 그녀를 딸 수 있었지만, 그 전에 그녀와 해결해야 할 문제가 있었다.

그녀가 같은 말을 되풀이했다.

"당신은 언니 방에 있었어요."

"어쨌든 넌 날 내쫓았잖아. 내가 기억하는 건 그것뿐이야."

"당신 매너가 맘에 안 들어요."

"난 내가 어젯밤에 특별히 예의 바르게 행동했다고 생각하는데. 네 앞에서 어쩔 수 없이 옷을 벗어야만 했던 것은 사과하겠지만, 어쨌든 넌 날 쳐다보지도 않았잖아."

"도대체 언니한테 무슨 짓을 한 거예요?"

"자, 내 말 들어봐. 내 얘기를 들으면 놀라겠지만, 나로선 달리 어쩔 수가 없었어. 너도 알아두는 게 나을 것 같아. 저번에 언니한테 키스했는데, 그 뒤로 계속해서 날 쫓아다닌다고."

"언제요?"

"지키의 집에서 언니 술을 깨게 해주었을 때 말이야."

"그건 알고 있었어요."

"언니는 날 거의 강제로 그랬었다고. 너도 알겠지만, 나도 그때 술을 좀 마셨거든."

"진짜 언니한테 키스했어요?"

"뭐라고?"

그러자 그녀가 나지막한 목소리로 말했다.

"나한테 했던 것처럼……."

"아냐."

솔직한 어조로 이렇게 말하니 나 자신이 몹시 만족스러웠다.

"언니는 정말 성가신 사람이야, 루. 내가 원하는 건 너라고. 난…… 꼭 어머니한테 하는 것처럼…… 언니한테 키스했는데, 그걸 오해한 거야. 어떻게 해야 언니가 날 단념하게 만들

수 있을까? 혹시라도 언니가 날 끝까지 안 놔주면, 그때는 어떻게 하지? 걱정돼. 언니는 틀림없이 내가 자기와 결혼할 거라고 말할 거야. 오늘 아침 덱스터의 차 안에서 그런 생각을 해냈거든. 언니는 예뻐. 하지만 난 언니를 원하지 않아. 내가 볼 때 언니는 머리가 좀 이상한 것 같아."

"하지만 나보다 먼저 언니랑 키스했잖아요."

"언니가 나한테 키스한 거야. 술에 취했는데 누가 자기를 돌봐주면 고마운 마음이 드는 건 당연하잖아."

"언니한테 키스한 거, 후회해요?"

"아니, 다만 내가 아쉬운 건 그날 밤에 네가 언니 대신 취하지 않았다는 것뿐이야."

"그럼 이제 나한테 키스해도 돼요."

그녀는 꼼짝하지 않은 채 앞만 쳐다보고 있었지만, 그 말을 하기까지는 상당한 노력이 필요했음이 틀림없었다.

"난 네게 키스할 수 없어. 네 언니랑 키스하는 건 별일이 아니었지. 하지만 너랑 키스하는 건 달라. 내가 네 몸을 만지려면, 그 전에 우선……."

나는 말을 끝맺지 않은 채 낙담한 듯 한숨을 내쉬며 그녀에게서 돌아누웠다.

루가 물었다.

"그 전에 뭐요?"

그녀는 몸을 살짝 돌리더니 내 팔에 손을 올려놓았다.

"바보같이 보일지도 모르지만…… 그건 불가능해."

"무슨 말인지 해봐요……."

"내 말은…… 너랑 나랑 결혼하기 전까지는 안 된다는 거야. 하지만 넌 너무 어리고, 난 절대 네 언니를 떼어낼 수 없을 거야. 게다가 언니 역시 날 가만 내버려두지 않을 거고."

"정말 진지하게 생각하는 거예요?"

"뭘?"

"나랑 결혼하는 거요."

"불가능한 일을 진지하게 생각할 수는 없지. 하지만 널 진지하게 원한다는 맹세는 할 수 있어."

그녀가 침대에서 몸을 일으켰다. 나는 계속 그녀에게 등을 돌리고 있었다. 그녀는 아무 말도 하지 않았다. 나 역시 아무 말도 하지 않았지만, 그녀가 침대에 다시 드러눕는 것을 느낄 수 있었다.

잠시 후에 그녀가 나를 불렀다.

"리."

심장이 너무나 빨리 뛰면서 침대가 약간 울리는 게 느껴졌다. 나는 다시 돌아누웠다. 그녀가 실내복과 속옷을 다 벗어버린 채 두 눈을 감고 침대 위에 누워 있었다. 하워드 휴스•라면 그녀의 젖가슴만으로도 영화를 열두어 편은 더 찍을 수 있으리라는 생각이 들었다. 하지만 나는 거기에 손대지 않았다.

"난 너랑 그거 하고 싶지 않아. 진과 있었던 일, 생각만 해도 정말 싫어. 내가 나타나기 전까지만 해도 너희 자매는 뜻이 잘 맞았잖아. 두 사람을 갈라놓고 싶지는 않아."

과연 내가 지쳐 나가떨어질 때까지 그녀와 섹스하는 것 말고 다른 걸 하고 싶어 했는지, 그건 모르겠다. 하지만 나는 참아내는 데 성공했다.

루가 말했다.

"언니는 당신을 사랑해요. 한눈에 알 수 있다고요."

"그거야 내가 어떻게 하겠어."

그녀는 한 포기 풀처럼 부드럽고 매끈했으며 향수 가게에서처럼 감미로운 향기를 풍겼다. 나는 앉아서 그녀의 두 다리 사이로 허리를 숙인 채 새털처럼 부드러운 허벅지 안쪽에 키스했다. 그녀는 다리를 오므렸다가 즉시 다시 벌렸다. 나는 조금 더 높은 곳에 다시 키스하기 시작했다. 그녀의 곱슬곱슬하고 윤나는 음모가 내 뺨을 간질였다. 나는 그걸 부드럽게 핥았다. 그녀의 성기가 내 혀 아래에서 뜨겁고 축축하고 단단해졌다. 그걸 깨물고 싶다는 욕망이 문득 치밀었다. 하지

● 진 할로와 제인 러셀 등 여러 명의 스타를 배출한 할리우드의 영화 제작자이자 감독인 하워드 휴스(1905~1976).

만 다시 몸을 일으켰다. 그녀가 소스라치며 일어나 앉더니 내 머리를 붙잡아 다시 자신의 성기에 갖다 댔다. 나는 엉거주춤 몸을 일으켰다.

나는 말했다.

"이러고 싶지 않아. 네 언니와의 일이 해결되지 않는 한 이러고 싶지 않다고. 너희 두 사람 모두랑 결혼할 수는 없잖아."

나는 그녀의 젖꼭지를 깨물었다. 그녀는 여전히 내 머리를 붙든 채 두 눈을 꼭 감고 있었다.

나는 말을 계속해나갔다.

"진은 나랑 결혼하고 싶어 해. 왜 그러는 걸까? 모르겠어. 하지만 만일 내가 거절하면 틀림없이 너랑 못 만나게 일을 꾸밀 거야."

루는 아무 대답도 없이 상체를 뒤로 젖힌 채 나의 애무에 자신을 맡겼다. 내 오른손이 그녀의 허벅지를 따라 오르내리기를 되풀이했고, 루는 내가 민감한 부분을 애무할 때마다 다리를 벌리곤 했다.

"해결책은 한 가지뿐이야. 내가 진이랑 결혼하고 넌 우리랑 같이 가는 거지. 그러면 우리는 분명히 서로를 만날 방법을 찾아낼 수 있을 거야."

루가 중얼거렸다.

"그러고 싶지 않아요."

그녀의 목소리가 고르지 않게 울렸다. 나는 그걸 악기처럼 연주할 수도 있을 것 같았다. 내가 그녀의 몸을 만질 때마다 그녀의 목소리는 커졌다 작아지기를 되풀이했다.

"당신이 언니랑 결혼하는 거, 싫다고요……."

"내가 꼭 진이랑 결혼해야 할 의무는 없어……."

"오, 그럼 나랑 해요! 지금 당장 나랑 하자고요!"

그녀는 몸을 심하게 뒤척이며 내 손이 다시 올라갈 때마다 거침없이 신음을 내질렀다. 나는 그녀의 두 다리 사이로 머리를 밀어 넣은 다음, 등이 내 쪽으로 향하도록 그녀의 몸을 반대편으로 돌려놓았다. 그러고 나서 그녀의 다리를 들어 올리고 그녀의 허벅지 사이에 입을 갖다 댔다. 나는 그녀의 성기를 입으로 물었다. 그녀의 몸이 별안간 팽팽해졌다가 곧바로 다시 느슨해졌다. 나는 그녀의 성기를 조금 빨아주다가 멈추었다. 그녀는 엎드려 있었다.

나는 낮은 목소리로 말했다.

"루, 난 너랑 섹스하지 않을 거야. 우리 마음이 확실해질 때까지는 하지 않을 거라고. 내가 네 언니랑 결혼하면 우리는 이 곤란한 상황에서 벗어나게 될 거야. 네가 날 좀 도와줘."

그녀는 단번에 돌아눕더니 격정적으로 내게 키스했다. 그녀의 이가 나의 그것과 부딪쳤고, 그동안 나는 그녀의 등을 쓰다듬어주었다. 그런 다음 그녀의 허리를 붙잡아 일으켜 세웠다.

"네 방으로 가서 자. 괜히 말도 안 되는 얘기만 잔뜩 한 것 같군. 얌전히 가서 자."

나는 일어나서 그녀의 눈에 입을 맞추었다. 다행스럽게도 나는 잠옷 밑에 팬티를 입고 있어서 그나마 체면을 유지할 수 있었다.

브래지어와 팬티를 그녀에게 돌려주었다. 그리고 침대 시트로 그녀의 허벅지를 닦아준 다음 투명한 실내복을 입혀주었다. 그녀는 아무 말 없이 내가 하는 대로 가만있었다. 내 품에 안긴 그녀의 몸이 부드럽고 따뜻했다.

그녀에게 말했다.

"잘 자, 내 어린 동생. 난 내일 아침에 갈 거야. 아침 식사 때 나와줘. 꼭 보고 싶으니까."

이렇게 말하고는 그녀를 밖으로 밀어낸 다음 문을 잠갔다. 이제 이 자매는 확실히 내 손아귀에 들어왔다. 방 안에서 나는 쾌재를 불렀다. 아마 동생도 무덤에서 기뻐하고 있을 것이다. 그 아이에게 손을 내밀었다. 동생과 악수하는 것만큼 즐거운 일이 어디 있을까.

16

며칠 뒤, 형에게서 편지를 받았다. 자기 자신에 대한 이야기는 별로 쓰여 있지 않았다. 아마도 그는 할렘의 한 학교에서 보잘것없는 일거리를 찾아낸 것 같았다. 그는 편지에서 성서를 인용하며 그게 어느 장, 어느 구절에 나오는지까지 가르쳐주었다. 내가 그런 이야기는 잘 모른다는 걸 알고 있기 때문이었다. 〈욥기〉의 한 부분이었다. "내가 어찌하여 내 살을 내 이로 물고 내 생명을 내 손에 두겠느냐."• 이건 말하자면 그가 자신의 모든 걸 걸고 도박을 했다는 뜻인 듯한데, 나는 이것이 간단한 얘기를 복잡하게 말하는 방법이라고 생각한다. 그런 면에서 형은 변한 게 별로 없는 것 같았다. 어쨌든 그는 선량한 사람이었다. 나는 잘 있으니 걱정 말라는 내용의 답장을 쓰고 50달러짜리 지폐 한 장을 동봉했다. 이 불쌍한 형은 뭘 제대로 입에 대지도 않았던 것이다.

그 밖에는 별다른 일이 없었다. 책을 파는 것, 책을 더 많이 파는 것뿐이었다. 본사가 아닌 몇몇 출판사로부터 크리스마스 캐럴 앨범과 잡지 등을 한번 팔아보겠냐는 제안을 받긴 했었다. 그러나 계약서에는 그런 식의 구매가 금지되어 있

• 〈욥기〉 13장 14절.

었으므로 나는 일자리를 잃을 수도 있는 그 같은 위험을 굳이 무릅쓰고 싶지 않았다. 이따금 포르노 쪽에서 일하는 사람들을 쫓아내기도 했다. 하지만 난폭한 방법은 절대 쓰지 않았다. 대부분 흑인이나 흑백 혼혈이었고, 나는 그런 사람들이 먹고살기 힘들어한다는 걸 잘 알았다. 대체로 나는 그들로부터 물건을 한두 가지 사서 패거리에게 나눠주곤 했다. 주디가 이런 것들을 특히 좋아했다.

그들은 줄곧 드러그스토어에서 모여 나를 만나러 왔고, 나는 이틀에 한 번꼴로 여자아이들과 잠을 잤다. 그들은 타락했다기보다는 우둔했다. 주디만 빼고.

진과 루는 둘 다 주중에 벅턴에 올 예정이었다. 나는 그들과 따로따로 약속을 잡았다. 진에게서는 전화가 왔고, 루에게서는 오지 않았다. 진이 그다음 주 주말에 집에 놀러 오라며 나를 초대했으나 나는 갈 수 없다고 대답해야만 했다. 마치 체스의 가장 약한 말처럼 그녀가 오라면 오고 가라면 가는 식으로 끌려다니고 싶지는 않았다. 그녀는 몸이 좋지 않다며 내가 와주면 좋겠다고 말했지만, 나는 일이 밀려서 도저히 안 될 것 같다고 대답했다. 그러자 그녀는 월요일 5시쯤에 나를 만나러 오겠다고 약속했다. 그럼 서로 얘기를 나눌 시간을 가질 수 있으리라는 것이었다.

나는 월요일까지 특별히 할 일이 없었으며, 토요일 밤에는 다시 스토크 클럽의 기타리스트 대신 기타를 연주해 15달러를 벌고 공짜 술을 마셨다. 이 클럽은 돈을 제법 많이 주었다. 집에서는 책을 읽거나 기타 연습을 했다. 탭 댄스를 추는 건 일단 그만두었다. 이제 이런 춤은 추지 않아도 될 만큼 내 인기가 높아졌던 것이다. 탭 댄스는 애스퀴스가의 두 딸을 없애고 난 뒤에 다시 추기로 했다. 동생의 권총에 장전할 탄알도 구했고, 이런저런 약도 샀다. 차는 점검해달라고 정비소에 맡겼더니 부품 몇 개를 갈아 끼워주었다.

그동안 덱스터에게서는 아무 소식이 없었다. 토요일 아침에 만나려고 했으나 방금 어딘가로 주말을 보내러 갔다고 했다. 어디로 갔는지는 알 수 없었다. 소녀들과 그 짓을 하러 흑인 빈민가에 간 것 같았다. 패거리 중 아무도 그가 그 주 내내 어디에 있었는지 몰랐다.

월요일 오후 4시 20분, 진의 자동차가 문 앞에 멈춰 섰다. 그녀는 사람들이 어떻게 생각하든 개의치 않았다. 그녀는 차에서 내리더니 곧장 서점 안으로 들어왔다. 서점 안에는 아무도 없었다. 그녀는 내게 다가오더니 진하게 키스했고, 나는 그녀에게 자리를 권했다. 약속 시간보다 앞서 온 그녀가 달갑지 않다는 걸 스스로 알아차리도록 나는 일부러 셔터를 내리지 않았다. 그녀는 화장을 했지만 눈 밑이 검게 그늘졌고, 안색이 무척 안 좋아 보였다. 늘 그랬듯이 그녀는 값비싼 옷을 입고 명품 모자를 썼는데, 그래서인지 더 나이 들어 보였다.

그녀에게 물었다.

"여행은 잘했어?"

"별로 안 멀던데요, 뭐. 굉장히 먼 줄 알았는데."

"근데 약속 시간보다 일찍 왔네."

그녀는 다이아몬드가 박힌 시계를 들여다보았다.

"그렇게 빨리 온 것도 아닌데요, 뭐! 지금 4시 35분인데."

"4시 39분이야. 엄청 빨리 온 거라고!"

"그래서 성가셔요?"

그녀가 아양을 떨자 나는 신경질이 났다.

"그래, 난 빈둥거리는 것 말고도 할 일이 있거든."

"리, 나한테 상냥하게 대해주면 안 돼요?"

"난 내 일이 끝나면 상냥해져."

그러자 그녀가 같은 말을 되풀이했다.

"날 좀 상냥하게 대해줘요. 나 이제 곧……. 그러니까……."

그녀가 말을 하다 말았다. 무슨 말인지 짐작이 갔지만, 그 말은 그녀가 직접 해야만 했다.

"뭐라고?"

"나 임신했어요, 리."

나는 그녀에게 손가락질을 해가며 말했다.

"아니, 어떤 남자랑 무슨 짓을 했기에 임신했다는 거야?"

웃음은 띠고 있었지만, 그녀의 얼굴은 초췌하고 긴장되어 보였다.

"리, 되도록 빨리 나랑 결혼해야 해요. 안 그러면 엄청난 물의를 빚게 될 거예요."

"말도 안 돼. 그따위 일이야 매일같이 일어나는데 뭘."

나는 놀리는 듯한 어조로 그렇게 대꾸했다. 하지만 준비를 다 마치기도 전에 그녀가 도망쳐버려서는 안 될 일이었다. 이런 경우 여자들은 대부분 신경이 날카로워져 있다. 나는 그녀에게 다가가 어깨를 쓰다듬어주었다.

"여기 가만 앉아 있어. 서점 문을 닫으면 더 조용해질 거야."

임신한 그녀를 처치하는 게 훨씬 더 쉬울 것이다. 이제 그녀는 자신이 죽어야 할 충분한 이유를 갖게 됐다. 나는 문 쪽으로 가서 셔터를 작동시키는 버튼을 눌렀다. 톱니바퀴가 날카로운 금속성 소리를 내며 돌아갔고, 천천히 셔터가 내려왔다.

고개를 돌려보니 모자를 벗은 진이 머리를 톡톡 치며 매만지고 있었다. 눌린 머리를 원래 모양대로 만들려는 것이었다. 그렇게 하니 훨씬 나아 보였다. 정말 예뻤다.

그녀가 불쑥 물었다.

"우리 언제 떠나요? 하루라도 빨리 서둘러야 해요."

"이번 주말에는 가능할 거야. 여기 일은 순조롭게 돼가고 있어. 하지만 거기 가면 새 일을 찾아야 할 거야."

"나도 돈을 가져가겠어요."

설사 내가 죽이려는 여자일지라도, 누군가로부터 금전적인 도움을 받고 싶은 생각은 전혀 없었다.

"그래도 나는 달라질 게 아무것도 없어. 너한테 금전적인 도움을 받는다는 건 있을 수 없는 일이야. 내 말 잘 알아들었겠지?"

그녀는 아무 대답도 하지 않았다. 할 말이 있는데 말할 엄두를 못 내는 사람처럼 의자 위에서 몸을 뒤틀 뿐이었다.

그녀의 용기를 북돋우기 위해 말했다.

"말해봐. 솔직히 털어놔보라니까. 나한테는 한마디 상의도 없이 도대체 뭘 어떻게 한 거야?"

"그리로 편지를 썼어요. 광고란에 주소가 나와 있었어요. 고독을 즐기는 사람들과 조용히 허니문을 지내고 싶은 연인들이 살기 좋은 외딴 장소래요."

"조용히 지내고 싶은 연인들이 다들 거기로 모여들면 엄청나게 혼잡할 텐데!"

그녀가 웃었다. 안심이 되는 모양이었다. 그녀는 혼자만 비밀을 간직하는 타입이 아니었다.

그녀가 말했다.

"답장이 왔어요. 잠은 따로 떨어져 있는 빌라에서 자고 식사는 호텔에서 한대요."

"가장 좋은 건 네가 먼저 가고 내가 나중에 합류하는 거야. 그러면 내가 밀린 일을 다 처리할 수 있을 테니까."

"같이 가면 좋을 텐데."

"그건 안 돼. 의심을 사면 안 되니까 일단 집으로 돌아가서 출발 직전에 짐을 싸도록 해. 큰 짐을 들고 올 필요는 없어. 그리고 어디로 간다는 내용의 편지 같은 건 남기면 안 돼. 부모님이 알면 안 되니까."

"언제 올 건데요?"

"다음 주 월요일까지 갈게. 일요일 밤에 출발할 거야."

일요일 밤이라면 내가 떠나는 걸 누군가가 눈치챌 가능성이 거의 없다. 하지만 루는 어떻게 할 것인가.

나는 말했다.

"루한테는 아직 얘기 안 했지?"

"네."

"벌써 수상한 낌새를 챘을지도 몰라. 어쨌든 루한테는 말하는 게 좋아. 중재자 역할을 할 수 있을 테니까. 동생이랑 뜻이 잘 맞지. 안 그래?"

"네."

"그럼 루한테는 떠나는 날 말해. 주소를 남기되 네가 떠나고 난 뒤에 루가 그걸 발견하도록 해야 해."

"어떻게 해야 하죠?"

"편지를 봉투에 넣은 다음 집에서 300~400킬로미터가량 떨어진 우체국에 가서 부쳐. 아니면 서랍 속에 놓아둬도 되지. 방법은 얼마든지 있어."

"난 복잡한 거 싫어요. 아, 리! 조용히 있고 싶다고 모든 사람에게 말하고 그냥 둘이서 떠나면 안 돼요?"

"그건 안 돼. 넌 그래도 되겠지만 난 돈이 없어."

"그건 상관없어요."

"거울에 비친 네 모습을 봐. 넌 돈이 있으니까 상관없다고 말하는 거야."

"루한테는 도저히 그 말을 할 자신이 없어요. 이제 겨우 열다섯 살밖에 안 됐는데."

웃음이 나왔다.

"루가 무슨 기저귀 찬 아기라도 되는 줄 알아? 자매가 있는 집에서는 가장 어린 동생도 가장 나이가 많은 언니랑 거의 동시에 인생을 배운다는 사실을 알아둬. 예를 들어 네게 열 살짜리 여동생이 있다고 치자. 그 아이도 루만큼 인생을 알고 있다는 거야."

"하지만 루는 아직 애에 불과해요."

"물론이지. 옷 입는 것만 봐도 알 수 있으니까. 향수를 듬뿍 듬뿍 뿌리는 것만 봐도 그 애가 얼마나 순진한지 짐작이 가. 하지만 미리 알려줘야 해. 다시 한번 말하지만, 너와 너희 부모님 사이에서 중재자 역할을 할 사람이 필요하다고."

"그냥 아무한테도 얘기 안 하고 우리끼리 가면 안 돼요?"

나는 최대한 악의적인 표정을 지으며 코웃음 쳤다.

"네가 고른 남자가 그렇게까지 창피한 거야?"

그녀의 입이 떨리기 시작했다. 금방이라도 울음을 터뜨릴 것 같았다. 그녀가 일어났다.

"사람이 왜 그렇게 못됐어요? 내 마음을 아프게 하면 좋아요? 내가 말을 안 하려고 하는 건 무서워서……."

"뭐가 무섭다는 거야?"

"우리가 결혼하기도 전에 당신이 도망쳐버릴까봐 무서워요."

나는 어깨를 으쓱거렸다.

"넌 설마 내가 널 떠나고 싶어도 결혼했기 때문에 못 떠나리라고 생각하는 거야?"

"만일 아이가 있다면 그렇겠죠."

"만일 아이가 생기면 쉽게 이혼을 못 할 테니 그럴 수밖에 없겠지. 그렇다고 내게 마음이 있는데도 널 못 떠나는 건 아니야."

진이 결국 울기 시작했다. 의자에 털썩 주저앉더니 고개를 살짝 숙였고, 둥근 뺨 위로 눈물이 굴러떨어졌다. 나는 내가 너무 심했다는 걸 깨닫고 그녀에게 다가가 그녀의 목을 쓰다듬었다.

"오, 리! 모든 게 다 내가 생각했던 것이랑 너무 달라요. 난 내가 완전히 당신 게 됐다며 당신이 기뻐할 줄 알았거든요."

나는 바보 같은 대답을 했고, 그녀는 토하기 시작했다. 수건 같은 것도 없었기에 좁은 서점 뒷방으로 달려가서 청소부가 쓰는 걸레를 들고 왔다. 배 속에 든 아이 때문에 그런 것 같았다. 그녀가 딸꾹질을 멈추자 나는 그녀의 손수건으로 얼굴을 닦아주었다. 그녀는 힘들게 숨을 내쉬었고, 마치 세수라도 한 것처럼 두 눈이 눈물로 반짝거렸다. 나는 더러워진 구두도 휴지로 닦아주었다. 냄새 때문에 거북했지만 허리를 숙여 키스해주었다. 그녀가 나를 힘껏 껴안더니 앞뒤가 맞지 않는 말을 뭐라고 중얼거렸다. 이 여자와는 안 맞는 듯하다. 과음을 했거나 섹스를 지나치게 해서 늘 아픈 것이다.

"빨리 가봐. 집으로 돌아가라고. 몸조심하고 짐은 목요일 밤에 싸서 출발해. 난 월요일까지 갈게. 반지는 내가 준비해 놨어."

그녀가 문득 활기를 되찾더니 믿기 힘들다는 표정으로 미소 지었다.

"리…… 그게 정말이에요?"

"물론이지."

"오! 리, 사랑해요……. 우린 정말 행복하게 지낼 수 있을 거예요."

정말이지 앙심이라는 걸 품을 줄 모르는 여자였다. 보통 여자들은 한번 화가 나면 오래가는데 말이다. 나는 그녀를 일으켜 세운 다음 옷 위로 가슴을 애무했다. 그녀의 몸이 팽팽해지더니 뒤로 젖혀졌다. 그녀는 내가 계속하기를 원했다. 실내를 환기하고 싶었으나 그녀는 내게 찰싹 매달린 채 한 손으로 내 바지 단추를 풀었다. 나는 그녀의 치마를 올린 다음 손님들이 펼쳐본 책을 올려놓는 긴 책상 위에서 그녀와 섹스했다. 그녀는 마치 죽은 사람처럼 눈을 꼭 감고 있었다. 그녀의 몸이 느슨해진 걸 느꼈지만 나는 그녀가 신음할 때까지 멈추지 않았고 결국 그녀의 옷에 사정했다. 그러자 그녀가 손을 입으로 가져가며 일어서더니 다시 토했다.

나는 그녀를 일으켜 세운 다음 코트 단추를 잠가주었다. 그러고는 그녀를 거의 안다시피 해서 서점 옆문을 빠져나왔고, 차로 데려가 운전석에 앉혔다. 그녀는 몹시 아파 보였다. 하지만 피가 날 때까지 내 아랫입술을 깨물 힘은 아직 남아 있었다. 나는 아무 감정도 드러내지 않은 채 그녀가 떠나는 걸 바라보기만 했다. 나는 그녀가 길을 알고 있어서 다행이라고 생각했다.

곧장 집으로 돌아온 나는 몸에 밴 냄새를 없애기 위해 목욕을 했다.

17

그때까지만 해도 나는 자매를 죽이겠다는 내 계획이 나를 얼마나 복잡한 상황으로 끌고 갈지 짐작조차 하지 못했다. 그 순간, 계획을 포기하고 모든 걸 그만둔 다음 지금처럼 책이나 열심히 파는 게 낫지 않을까 하는 생각이 들었다. 하지만 동생을 위해서, 형을 위해서, 그리고 나 자신을 위해서 이번 일을 마무리해야만 했다. 나는 나처럼 타고난 혈통을 잊은 채 어떤 상황에서든 백인 쪽에 붙어서 기회가 있을 때마다 아무 망설임 없이 흑인을 헐뜯는 자들을 알고 있었다. 그들 역시 기꺼이 죽여야 하리라. 하지만 우선은 순서에 따라 차근차근 해나가야만 한다. 우선은 애스퀴스가의 딸들을 죽여야 한다. 그러고 나면 내가 그동안 어울렸던 주디라든지 지키, 빌, 베티 등 또 다른 백인들을 죽일 기회가 얼마든지 생겨날 것이다. 하지만 난 젊은이들에게는 별다른 관심이 없다. 백인을 대표하지는 않기 때문이다. 애스퀴스가의 두 딸은 말하자면 일종의 시험 케이스다. 그러고 나면 진짜 유력 인사를 처치하는 데 성공할 수 있으리라. 상원의원 정도는 아니더라도 그 비슷한 부류의 인물 말이다. 무수히 많은 자를 죽여야만 마음이 좀 편안해질 듯하다. 하지만 우선은 그 두 여자애를 내 손으로 죽이고 난 다음에 어떻게 도망쳐야 할지 그 방법을 좀 궁리해야 했다.

가장 좋은 방법은 자동차 사고로 죽은 것처럼 위장하는 것이다. 사람들은 그들이 국경 쪽에 도대체 뭘 하러 간 건지 의아하게 생각하겠지만, 검시해서 진이 임신할 걸 알게 되면 더는 그런 의심을 하지 않을 것이다. 루는 그냥 언니를 따라갔다고 생각할 테고, 나는 그들의 죽음과는 전혀 무관해지는 것이다. 그러다 사건이 좀 잠잠해지고 종결되면 그때 그들의 부모에게 사실대로 말해줄 것이다. 그들은 자기네 딸들이 흑인과 육체관계를 가졌었다는 사실을 알게 되리라. 그런 다음에는 다른 도시로 가서 다시 시작하면 된다. 바보 같은 계획처럼 보일지도 모르지만, 대체로 바보 같아 보이는 자들이 가장 큰 성공을 거두는 법이다. 분명히 루는 우리가 도착하고 나서 일주일 내에 찾아올 것이다. 그녀는 내 손아귀에 있다. 그리고 진과 함께 드라이브를 할 것이다. 진이 운전을 하다가 구토를 한다. 이보다 더 자연스러운 게 어디 있으랴? 나는 충분히 뛰어내릴 수 있다. 우리가 달리는 길 어딘가에서 뛰어내릴 만한 장소를 찾아내면 되겠지……. 루는 운전석 옆자리에, 나는 뒷자리에 앉을 것이다. 루가 먼저 뛰어내리고, 그걸 본 진이 핸들을 놓치면 일은 끝나는 것이다.

다만 자동차 사고로 위장한다는 이 계획이 썩 마음에 들지는 않는다. 무엇보다도 참신하지 않다. 게다가 순식간에 끝나버린다. 왜 자신들을 죽이는지 그들에게 말해줄 시간이 필요하고, 자신들이 내 손아귀에 있다는 걸 그들도 알아야 하며, 자신들 앞에 어떤 운명이 기다리고 있는지 그들 스스로 깨닫게 해야 한다.

자동차……. 하지만 그다음에는 어떻게 하지? 자동차 사고로 위장해야 한다는 건 확실하다. 아! 드디어 좋은 방법을 찾아낸 것 같다. 우선은 그들을 조용하고 으슥한 곳으로 데려간다. 그리고 거기서 죽인다. 왜 내 손에 죽어야 하는지 이유를 알려주고 나서. 그런 다음 그들의 시체를 자동차에 실어 사고로 위장한다. 간단하면서도 훨씬 더 만족스럽다. 그런데 그게 과연 쉬울까?

이 모든 것에 대해 얼마간 더 생각했다. 신경이 날카로워지기 시작했다. 그러다가 모든 생각을 내팽개쳐버렸다. 그것이 내 예상대로는 절대 이뤄지지 않으리라는 생각이 들어서다. 그 순간 동생의 모습이 떠올랐다. 그리고 루와 마지막으로 나눈 대화도. 그녀와 뭔가를 시작했었는데, 그게 무엇인지 더욱 분명해졌다. 그리고 그것은 위험을 감수할 만한 가치가 있었다. 가능하다면 자동차를 이용할 것이다. 가능하지 않을 수도 있지만, 그거야 어쩌겠는가. 국경은 멀지 않고, 멕시코에는 사형 제도가 없다. 그동안 내내 다른 계획이 머릿속에 막연히 자리 잡고 있다가 바로 그 순간에 구체화된 것 같다. 그리고 나는 그게 어떤 계획인지 겨우 깨닫기 시작했다.

며칠 동안 버번위스키를 꽤 많이 마셨다. 머리가 몹시 혼란스러웠다. 총알 말고 다른 것들도 구했다. 삽과 곡괭이, 로프도 샀다. 내가 마지막으로 세운 계획이 순조롭게 진행될지 아직은 알 수 없다. 만일 그렇게 된다면 총알이 필요할 것이다. 계획대로 잘 되지 않는다면 다른 물건들이 쓸모 있을 것이다. 삽과 곡괭이는 내 머릿속에 떠오른 또 다른 아이디어와 관련된 일종의 안전장치랄 수 있다. 범죄를 모의하는 사람들은 처음부터 완벽하게 계획을 세우려고 하지만, 그건 잘못인 것 같다. 내 생각에는 우연이 약간 작용하도록 내버려두는 편이 나을 성싶다. 하지만 계획했던 대로 착착 진행되어 결정적인 순간이 다가왔을 때는 필요한 모든 것이 수중에 있어야 한다. 꼼꼼하게 준비하지 않는 게 잘못인지, 그건 잘 모르겠다. 하지만 그런 식의 자동차 사고에 대해 들었던 걸 다시 떠올려보니 그 아이디어가 그다지 마음에 들지 않았다. 나는 한 가지 중요한 요인을 고려하지 않았다. 바로 시간이다. 아직 충분한 여유가 있었으므로 그것에 대해 별로 걱정하지 않았던 것이다. 우리가 어디로 가는지 아는 사람은 아무도 없었으며, 만일 지난번에 나눈 대화가 적절한 효과를 미쳤다면 루는 그 말을 누구에게도 하지 않았을 것이다. 그곳에 도착하면 그녀가 그 말을 했는지 안 했는지를 바로 알 수 있으리라.

그러다 마지막 순간에, 그러니까 출발하기 한 시간 전에 나는 일종의 공포에 사로잡히면서 과연 루를 만날 수 있을지 의문이 들었다. 내가 지금까지 겪었던 순간 중에서 가장 끔찍했다. 나는 식탁 앞에 앉아서 술을 마셨다. 몇 잔이나 마셨는지는 모르겠다. 하지만 리카도의 버번위스키가 깨끗한 물로 변하기라도 한 것처럼 머리가 맑아졌고, 부엌에서 휘발유통이 폭발했을 때 형의 얼굴을 보았던 것만큼이나 분명하게 뭘 해야 할지를 깨달았다. 드러그스토어로 내려가 전화 부스로 들어갔다. 교환을 호출해 장거리 통화를 신청한 다음 프릭스빌로 연결해달라고 부탁했다. 금방 통화가 되었다. 하녀는 루가 금방 올 거라고 대답했고, 오 분 만에 그녀가 전화를 받았다.

"여보세요?"

"리 앤더슨이야. 잘 지내니?"

"무슨 일이죠?"

"진이 떠났지. 그렇지?"

"그래요."

"어디로 갔는지 알아?"

"네."

"언니가 말했어?"

그녀가 코웃음 치는 소리가 들렸다.

"신문 광고란에 표시해놓았던데요."

루는 바보 멍청이가 아니었다. 처음부터 모든 걸 눈치챈 게 틀림없었다.

"데리러 갈게."

"언니한테 가는 거 아네요?"

"맞아. 너랑 같이 갈 거야."

"난 가고 싶지 않아요."

"가려고 했었던 거 아냐?"

그녀가 아무 대답도 없기에 말을 계속했다.

"내가 널 데려가면 일이 훨씬 더 수월해져."

"그럼 왜 언니한테 가는 거죠?"

"꼭 할 말이 있어서……."

"무슨 할 말이 있다는 거예요?"

이번에는 내가 웃었다.

"차를 타고 가면서 얘기해줄게. 짐 싸서 나와."

"어디서 기다려요?"

"내가 지금 갈게. 두 시간이면 도착할 거야."

"당신 차로 가요?"

"그래, 방에서 기다리고 있어. 경적을 세 번 울릴 테니까."

"봐서요."

"이따 보자."

그녀의 대답을 기다리지 않고 전화를 끊었다. 그리고 손수건을 꺼내 이마를 닦았다. 전화 부스에서 나왔다. 돈을 지불한 다음 다시 집으로 올라갔다. 소지품은 차 안에 실어두었고, 돈은 내 수중에 있었다. 형이 아파서 급히 가봐야 한다는 내용의 편지를 본사 앞으로 써두었다. 형도 이런 거짓말을 눈감아줄 것이다. 무슨 의도로 이 서점 관리인 일을 했는지 나도 잘 모르겠다. 하지만 그걸 모른다고 난처한 지경에 빠진 적은 없었다. 서점 관리인 일을 하느라 다른 일을 못 한 적도 없었다. 지금까지 나는 아무런 어려움 없이, 단 한 번도 불확실한 상황에 놓이지 않은 채 살아왔다. 하지만 이번 일은 나를 흥분시켰고, 평소와는 다르게 돌아갔다. 이 모든 걸 빨리 해결하고 나서 다른 일에 몰두해야 하는데 말이다. 나는 일이 마무리되지 않고 어중간한 상태에 있는 걸 참을 수 없어 하는 성격이며, 그건 이번 일에 대해서도 마찬가지다. 나는 주위를 둘러보며 잊어버린 게 없는지 확인한 다음 모자를 집어 들고 나와 문을 잠갔다. 열쇠는 호주머니 속에 집어넣었다. 내시 자동차는 한 블록 떨어진 곳에서 나를 기다리고 있었다. 시동을 걸고 출발했다. 도시를 벗어나자마자 액셀러레이터를 최대한 밟아 속력을 냈다.

18

도로는 무척 어두웠지만 다행스럽게도 차가 많이 지나다니지는 않았다. 반대편 차선을 달리는 트럭이 특히 눈에 띄었다. 남쪽으로 내려가는 차는 거의 없었다. 나는 최대속력으로 달렸다. 엔진이 꼭 트랙터의 그것처럼 부르릉거리고 온도계가 195까지 올라갔지만 아랑곳하지 않고 엔진을 최대한으로 가동했다. 다행히 차는 잘 버텨주었다.

날카로워진 신경을 좀 부드럽게 풀고 싶을 뿐이었다. 굉음을 내며 한 시간을 달렸더니 기분이 좀 나아졌다. 속력을 약간 줄이자 이번에는 차체가 삐걱거리는 소리가 들려왔다.

습하고 차가운 밤이었다. 겨울이 다가온다는 것이 느껴졌지만, 내 외투는 가방 안에 들어 있었다. 이런, 세상에! 이렇게까지 추웠던 적은 없었다. 도로 표지판을 보았으나 길은 그렇게 복잡하지 않았다. 주유소 한 곳과 판잣집 서너 채가 이따금 눈에 띄었고, 그러다 다시 도로가 나타났다. 야생동물과 과수원, 밀밭뿐 다른 건 거의 보이지 않았다.

거리는 160킬로미터, 시간은 두 시간가량 걸리겠다고 예상했었다. 실제로는 벅턴을 빠져나와 도착한 뒤, 정원 주변을 도느라 걸린 시간을 제외하고도 170킬로미터가량 되는 거리였다. 한 시간 반, 혹은 그보다 약간 더 시간이 걸려 루의 집 앞에 도착했다. 나는 내시 자동차에게 최대한의 성능을 내달라고 요구했었다. 루가 이미 준비하고 있으리라고 생각해 집에 되도록 가까이 접근한 뒤 경적을 세 번 울렸다. 처음에는 아무 소리도 들려오지 않았다. 내가 있었던 그녀의 방 창문을 볼 수 없었지만 차에서 내릴 엄두는 나지 않았다. 그렇다고 다시 경적을 누르고 싶지도 않았다. 누가 깨어날까봐 걱정되어서다.

거기서 계속 기다리고 있다가 마음을 진정시키기 위해 담배에 불을 붙이는 순간 손이 떨렸다. 나는 이내 담배를 집어던진 다음 오랫동안 망설이다가 다시 경적을 세 번 울렸다. 그러고 나서 차에서 내리려는데 인기척이 느껴졌다. 고개를 돌려보니 루가 차 쪽으로 다가오고 있었다.

환한 색깔의 외투를 입고 모자는 쓰지 않은 그녀는 금방이라도 터질 듯한 커다란 밤색 핸드백 말고는 다른 짐은 들고 있지 않았다. 그녀는 아무 말 없이 차에 올라타더니 내 옆자리에 앉았다. 나는 그녀 쪽으로 허리를 숙여 차 문을 닫았으나 그녀에게 키스하지는 않았다. 그녀는 마치 얼음처럼 냉담해 보였다.

나는 시동을 건 다음 차를 돌려 도로로 접어들었다. 그녀는 앞만 똑바로 바라보고 있었다. 나는 그녀를 곁눈질만 하고 있었으나 일단 마을을 빠져나가면 나아질 거로 생각했다. 최고

속도로 또 160킬로미터를 달렸다. 남부가 멀지 않다는 게 느껴졌다. 공기가 더 건조해지고, 하늘은 조금 더 환해졌다. 아직 800~900킬로미터를 더 가야 했다.

루를 옆에 놔두고 아무 말 않고 있으려니 참기 힘들었다. 게다가 그녀의 향수가 차 안을 가득 메웠다. 그것이 나를 엄청나게 흥분시켰다. 팬티가 찢어진 채 고양이 눈으로 자기 방에 서 있던 그녀의 모습이 문득 떠올랐다. 나는 그녀가 눈치채도록 일부러 숨을 아주 크게 내쉬었다. 그녀는 잠에서 깨어나 생기 있는 모습으로 되돌아간 듯했다. 그녀의 냉담한 표정이 여전히 거북했기 때문에 나는 좀 화기애애한 분위기를 만들어보려고 애썼다.

"안 추워?"

"괜찮아요."

그녀는 와들와들 떨었다. 그래서 더 기분이 안 좋은 듯했다. 나는 그녀가 질투심 때문에 그렇게 화가 나 있다고 생각했지만, 운전하는 데 정신을 쏟아야만 했으므로 그녀가 시큰둥하게 군다 해도 말을 하는 것밖에 달리 어찌해볼 도리가 없었다. 나는 한 손으로는 운전대를 잡고 또 한 손으로는 오른편 글러브 박스에서 위스키 병을 꺼내 그녀의 무릎 위에 올려놓았다. 글러브 박스 안에는 합성수지로 만든 잔 하나가 아직 들어 있었다. 그것도 위스키 병 옆에 놓아둔 다음 라디오 다이얼을 돌렸다. 왜 진즉 그렇게 하지 않았을까 하는 생각이 들었지만, 나도 마음이 그다지 편치 않았었다.

이제부터 잘해나가야 한다는 생각 때문에 몹시 불안했다. 다행히 루는 병을 집어 마개를 딴 다음 잔에 위스키를 부어 단숨에 마셨다. 그녀는 또 한 잔을 따르더니 연달아 잔을 비웠다. 그러고 나서야 내게도 한 잔을 따라주었다. 나는 내가 마시는 게 무슨 맛인지조차 느끼지 못한 채 잔을 돌려주었다. 그녀는 위스키 병과 잔을 글러브 박스 안에 다시 집어넣은 다음 의자에 편히 기대더니 외투 단추 두 개를 풀었다. 깃이 길고 기장이 짧은 투피스를 입고 있었다. 그녀는 상의 단추도 풀었다. 그 안에는 몸에 착 달라붙는 레몬색 스웨터를 입고 있었다. 나는 안전을 위해서 꾹 참고 도로만 주시했다.

이제 차 안에서는 그녀의 향수 냄새와 술 냄새, 담배 냄새가 풍겼다. 머리가 어질어질했지만 창문을 열지 않았다. 우리는 여전히 침묵을 지키고 있었다. 그렇게 삼십 분가량이 지났다. 그녀는 글러브 박스를 다시 열고 술을 두 잔 더 마셨다. 그러고는 더운지 외투를 벗었다. 그러느라 내쪽으로 몸을 기울인 틈을 이용해 나는 고개를 약간 숙여 그녀의 귀 바로 아래에 키스했다. 그녀는 뒤쪽으로 몸을 빼더니 고개를 돌려 나를 쳐다보았다. 그러더니 웃음을 터뜨렸다. 위스키가 효과를 발휘하기 시작한 것 같았다. 나는 아무 말 없이 80킬로미터쯤 더 가다가 똑같은 시도를 했다. 그녀가 위스키를 또 마셨다.

"몸이 안 좋아?"

그러자 그녀가 천천히 대답했다.

"이제 괜찮아요."

"나랑 같이 가고 싶지 않은 모양이지?"

"아, 됐어요!"

"언니 만나고 싶지 않아?"

"언니 얘기는 하지 말아요."

"언니, 참 괜찮은 여잔데……."

"맞아요. 그리고 섹스도 잘하죠. 그렇죠?"

그 말을 듣는 순간 나는 숨이 멎을 뻔했다. 만일 주디나 지키, B. J. 등 다른 사람이 그런 말을 했다면 그냥 그런가보다 했으리라. 하지만 루는 아니다. 그녀는 내가 놀라워하는 걸 보며 깔깔대고 웃어댔다. 그렇게 웃는 걸 보니 술에 좀 취한 듯했다.

"그런 뜻으로 말한 거 아네요?"

"맞아."

"그러니까 언니가 그렇다는 거죠?"

"난 몰라."

그녀가 다시 웃었다.

"그럴 필요 없어요. 당신도 알다시피 난 키스만 해도 애가 생긴다고 믿을 나이는 아니라고요."

"누가 아이 얘기를 했어?"

"언니는 애를 가졌어요."

"너 돌았니?"

"리, 분명히 얘기하는데, 나한테 거짓말해봤자 아무 소용 없어요. 난 다 알고 있으니까."

"난 네 언니랑 잔 적 없어."

"아니, 분명히 잤어요."

"그렇지 않아. 그리고 설사 같이 잤다 하더라도 네 언니는 아이를 갖지 않았어."

"그런데 왜 언니가 계속해서 아픈 거죠?"

"언니는 지키의 집에서도 아팠지만, 그렇다고 애를 가진 건 아니야. 네 언니는 위가 약해."

"그럼 다른 부위는요? 너무 약한 거 아녜요?"

그녀는 이렇게 말하더니 느닷없이 내게 주먹세례를 퍼부었다. 나는 어깨를 구부리며 액셀러레이터를 밟았다. 그녀는 있는 힘을 다해 나를 때렸다. 엄청 아픈 건 아니지만, 어쨌든 아프기는 했다. 근육질은 아니지만 테니스로 잘 단련돼 있었고, 게다가 그녀는 잔뜩 화가 나 있었다. 그녀가 주먹질을 멈추자 나는 몸을 흔들었다.

"기분이 좀 나아졌어?"

"아주 좋아요. 근데 언니도 그러고 나서 아주 기분 좋아 하던가요?"

"그러고 나서라니?"

"당신이랑 섹스하고 나서 말이에요."

그녀는 그 말을 되풀이하면서 엄청난 쾌감을 느끼고 있음이 틀림없었다. 만일 그 순간에 내가 그녀의 허벅지 사이에 손을 집어넣었다면 틀림없이 씻어야만 했으리라.

"오, 언니는 그전에도 섹스를 했었다고!"

그녀가 또다시 내게 주먹세례를 가했다.

"당신은 비열한 거짓말쟁이예요, 리."

그녀는 힘들었는지 거친 숨을 몰아쉬며 도로 쪽을 응시했다.

"난 너랑 섹스하는 게 더 좋을 것 같아. 몸에서 좋은 냄새도 나고, 거기 털도 많이 났잖아. 하지만 네 언니도 나쁘진 않아. 우리가 그녀를 처치하면 난 아마 그녀를 그리워하게 될 거야."

루는 꼼짝도 하지 않았다. 내 말을 듣고 움찔하는 기색조차 없었다. 목이 메었고, 바로 그 순간 그녀가 느끼는 것이 무엇인지 전광석화처럼 깨달았다.

루가 낮은 목소리로 말했다.

"지금 당장 할 거예요, 아님 나중에 할 거예요?"

나도 낮은 목소리로 대답했다.

"뭘 한다는 거야?"

말이 잘 안 나왔다.

"나랑 섹스할 거예요?"

그녀가 들릴락 말락 한 소리로 묻는 바람에 그녀의 말을 들었다기보다는 그렇게 말했다고 느꼈다.

나는 꼭 황소처럼 흥분해 있었다. 그래서 고통스러웠다.

"먼저 언니를 없애야 해."

내가 이렇게 말한 것은 오직 그녀가 정말로 내 손아귀에 들어와 있는지 보기 위해서였다.

그녀가 대답했다.

"난 싫어요."

"정말 그렇게 언니를 아끼는 거야, 응? 아, 겁이 나서 그러는 거군!"

"난 기다리고 싶지 않아요……."

다행스럽게도 주유소가 눈에 띄어 차를 세웠다. 뭔가 다른 걸 생각해야만 했다. 안 그러면 더는 냉정을 유지할 수 없을 것이다. 나는 운전석에 앉은 채 주유소 직원에게 가득 채워달라고 말했다. 루가 문손잡이를 돌리더니 차에서 내렸다. 그녀가 낮은 목소리로 직원에게 뭐라고 말하자 직원은 가건물을 가리켜 보였다. 그녀는 거기로 가더니 십 분 만에 다시 나타났다. 나는 그 틈을 이용해서 물렁물렁해진 타이어에 바람을 넣고 주유소 주인에게 샌드위치를 하나 가져다달라고 부탁했는데, 그걸 먹을 수는 없었다.

루가 다시 자리에 앉았다. 나는 직원에게 돈을 냈고, 그는 다시 주유소 안으로 잠을 자러 들어갔다. 나는 시동을 건 다음 두 시간 동안 전속력으로 차를 몰았다. 루는 잠을 자는 듯 더는 움직이지 않았다. 나도 마음이 차분하게 가라앉았다. 그런데 그녀가 별안간 기지개를 켜더니 글러브 박스를 열었다. 위스키를 꺼내 연거푸 석 잔이나 들이켰다.

그녀가 몸을 뒤척일 때마다 불쑥불쑥 북받치는 흥분을 억누르기 힘들었다. 계속 애를 써가며 운전하다가 10킬로미터쯤 더 가서 길가에 차를 세웠다. 아직 어두웠다. 그렇지만 새벽이 다가오는 게 느껴졌고, 바람은 불지 않았다. 주변에는 온통 관목과 덤불이 우거져 있었다. 불과 삼십 분 전에 어떤 도시를 통과한 것 같은데 말이다.

나는 핸드 브레이크를 당긴 뒤 위스키 병을 집어 한 모금 마시곤 그녀에게 내리라고 말했다. 그녀는 문을 열더니 핸드백을 집어 들었고, 나는 그녀를 따라갔다. 그녀는 덤불숲을 향해 걸어갔고, 거기 도착하자마자 내게 담배 한 개비만 달라고 부탁했다. 담배는 차 안에 있었다. 그녀에게 기다리라고 말했다. 그녀는 담배를 찾으려고 핸드백을 뒤졌지만, 이미 나는 걸음을 옮겨 자동차까지 뛰어간 뒤였다. 나는 위스키 병도 집어 들었다. 거의 비어 있었다. 하지만 술병은 트렁크에 몇 개 더 있었다.

돌아올 때는 걷는 게 힘들었다. 나는 그녀가 있는 곳까지 가기도 전에 단추를 끌렀다. 바로 그 순간, 나는 권총이 발사되면서 번쩍하는 것을 보았고, 그와 동시에 내 왼쪽 팔꿈치가 파열되는 듯한 느낌을 받았다. 내 팔이 옆구리를 따라 축 늘어졌다. 만일 내가 숨을 고르는 중이 아니었다면 총알은 내 허파에 박혔을 것이다.

이 모든 생각이 순식간에 뇌리를 스쳐 지나갔다. 그리고 거의 동시에 나는 루를 깔고 앉아 그녀의 손목을 비튼 다음 있는 힘을 다해 관자놀이를 후려쳤다. 그녀가 날 물어뜯으려고 했기 때문이다. 하지만 자세를 잘못 잡는 바람에 끔찍하게 아팠다. 내게 일격을 당한 그녀는 땅바닥에 나둥그러진 채 꼼짝하지 않았지만, 그 정도로 안심할 순 없었다. 나는 권총을 들어서 호주머니 속에 집어넣었다. 내 것처럼 6.35구경에 불과했지만, 그 못된 계집이 정확히 조준한 것이었다. 나는 차가 있는 곳까지 뛰어갔다. 오른손으로 왼팔을 받친 채 꼭 중국 가면처럼 얼굴을 찡그려야 했지만, 너무나 화가 나 있었던 나머지 아픈지도 몰랐다.

내가 찾던 로프를 들고 돌아왔다. 루가 꿈틀거리기 시작했다. 한 손만 가지고 그녀의 두 팔을 묶으려니 힘들었다. 다 묶고 난 나는 그녀의 뺨을 후려치기 시작했다. 그녀의 치마를 잡아 뜯고 스웨터를 찢은 다음 다시 뺨을 갈겼다. 무릎으로 그녀의 몸을 누른 채 그 빌어먹을 스웨터를 벗기려고 애썼으나 겨우 앞쪽만 벌릴 수 있었다. 동쪽 하늘이 희뿌옇게 밝아왔다. 그녀의 몸 일부는 여전히 나무 그늘 속에 묻혀 있었다.

바로 그 순간, 간신히 입을 연 그녀가 덱스터에게 전화해 경찰에 신고하라고 했으니 자기를 어떻게 할 수 없을 것이며, 내가 언니를 죽이자고 했을 때부터 나를 악당으로 여겼다고 말했다. 내가 코웃음 치자 그녀 역시 입술에 조소를 띠었고, 나는 그녀의 턱을 주먹으로 후려쳤다. 그녀의 가슴은 차갑고 단단했다. 나는 자제력을 발휘하려고 애쓰면서 왜 내게 총을 쏘았느냐고 물었다. 그녀는 내가 더러운 검둥이라는 말을 덱스터에게 들었으며, 나를 따라온 건 언니에게 이 사실을 알려 주기 위해서였다고 대답했다. 그러면서 나를 죽도록 증오한다고 했다.

나는 다시 한번 코웃음 쳤다. 그녀의 말이 꼭 스프링 해머처럼 가슴을 두드리면서 손이 부들부들 떨렸고 왼팔에서는 피가 철철 솟아났다. 팔뚝을 따라 피가 흘러내리는 게 느껴졌다.

그래서 나는 백인들이 내 동생을 죽였고, 그들은 좀처럼 날 잡지 못할 것이고, 어쨌든 넌 내 손에 죽게 될 것이라고 말했고, 그녀가 의식을 잃을 때까지 한쪽 가슴을 있는 힘껏 눌렀다. 하지만 그녀는 아무 말도 하지 않았다. 나는 그녀의 뺨을 죽어라 후려쳤다. 그녀가 다시 눈을 떴다. 날이 밝아오자 나는 그녀의 눈이 눈물과 분노로 반짝이는 것을 보았다. 그녀를 향해 허리를 숙였다. 내가 짐승처럼 코를 킁킁거렸던지 그녀가 날카로운 비명을 질렀다. 나는 그녀의 허벅지 한가운데를 깨물었다. 입안이 그녀의 검고 빳빳한 음모로 가득 찼다. 나는 잠깐 멈추었다가 더 부드러운 허벅지 아래쪽을 다시 깨물었다. 그녀의 온몸에는 향기가 배어 있었고, 나는 현기증을 느끼며 이를 악물었다. 손으로 그녀의 입을 막으려 했으나 그녀는 마치 돼지처럼 소름이 돋을 정도로 끔찍한 고함을 질러댔다. 그래서 나는 있는 힘껏 이를 악물어 살을 뜯어냈다. 피가 입안으로 쏟아져 들어오는 게 느껴졌고, 로프로 묶여 있는데도 그녀의 허리가 심하게 움직였다. 얼굴이 온통 피로 더럽혀져서 무릎을 꿇고는 약간 물러앉았다. 여자가 그렇게 소리를 지르는 건 한 번도 본 적이 없었다. 나는 내가 사정했다는 사실을 문득 깨달았다. 엄청난 충격을 받았지만 누가 올까봐 두려웠다. 성냥불을 댕겨보니 그녀는 피를 철철 흘리고 있었다. 결국 나는 오른쪽 주먹으로 그녀를 때리기 시작했고, 그녀의 이가 깨진 걸 느꼈으면서도 더는 소리를 지르지 못하도록 계속 때렸다. 나는 더 세게 주먹질을 하다가 그녀의 치마를 주워 입을 틀어막고는 몸 위에 걸터앉았다. 그녀가 벌레처럼 꿈틀거렸다. 그녀의 목숨이 이렇게까지 질길 거라고는 생각하지 못했다. 그녀가 하도 격렬하게 몸부림치는 바람에 금방이라도 내 왼쪽 팔뚝이 떨어져 나갈 것 같았다. 어찌나 화가 나는지 그녀의 살가죽을 벗겨버리고 싶을 정도였다. 그래서 나는 숨통을 끊어놓기 위해 그녀의 목을 구둣발로 짓이겼다. 그녀가 더는 움직이지 않자 나는 그게 다시 시작되는 걸 느꼈다. 무릎이 부들부들 떨리면서 이러다 내가 기절하는 게 아닐까 걱정됐다.

19

삽과 곡괭이를 가져와서 그녀를 묻어야 했지만 이제는 경찰이 나타날까봐 두려웠다. 진을 처치하기도 전에 경찰에 붙잡히고 싶지는 않았다. 이제 나를 인도하는 것은 내 동생이었다. 루 앞에 무릎을 꿇고 앉았다. 그녀의 손을 묶고 있는 로프를 풀었다. 양쪽 손목에 깊이 팬 자국들이 남아 있었고, 몸을 만져보니 방금 숨을 거둔 사람들이 그렇듯 물렁물렁하고 흐늘흐늘했다. 젖가슴은 진작부터 원래의 모양을 잃어가고 있었다. 나는 그녀의 치마를 얼굴에서 끌어 내리지 않았다. 얼굴을 보고 싶지 않았다. 하지만 그녀의 손목시계는 끌러서 호주머니 속에 집어넣었다. 그녀의 물건이 필요했다.

문득 내 얼굴은 어떻게 되었을까 궁금해져 차를 향해 뛰어갔다. 백미러에 얼굴을 비춰 보니 크게 신경을 쓰지 않아도 될 것 같았다. 위스키로 얼굴을 씻었다. 팔에서는 이제 피가 흐르지 않았다. 소매에서 팔을 끄집어내 스카프와 끈으로 몸통에 단단히 붙잡아 매는 데 성공했다. 팔을 구부려야만 했기 때문에 눈물이 찔끔 나올 정도로 아팠다. 하지만 트렁크에서 두 번째 술병을 꺼낼 때쯤에는 그럭저럭 팔을 구부렸다 폈다 할 수 있었다. 지평선에서 태양이 떠오르려는 걸 보니 시간이 꽤 흐른 듯했다. 루의 외투를 차에서 꺼내 그녀의 몸에 덮어주었다. 그걸 차에 싣고 여기저기 돌아다니고 싶지는 않았다. 다리는 아무 느낌이 없었지만 두 손은 아까보다 좀 덜 떨렸다.

다시 운전석에 앉아 시동을 걸었다. 루가 과연 덱스터에게 뭐라고 얘기했을지 궁금했다. 경찰에 신고하라고 했다는 그녀의 이야기가 약간 걱정스럽기는 했지만, 심각하게 여기지는 않았다. 그냥 메아리처럼 내 마음의 뒤편에 머물러 있을 뿐이었다.

이제는 진을 죽여서 그녀의 동생을 처치하며 두 차례에 걸쳐 느꼈던 감정을 또다시 경험하고 싶었다. 나는 내가 늘 찾던 것을 이제 막 발견해냈다. 경찰을 생각하면 골치가 좀 아팠지만, 그것은 전혀 다른 차원에서였다. 그렇다고 내가 하려는 걸 못 하지는 않는다. 나는 경찰보다 훨씬 더 멀리 와 있다. 그들은 나를 붙잡기 위해 죽어라 달려야만 할 것이다. 나는 이제 500킬로미터만 더 가면 된다. 왼쪽 팔이 서서히 마비돼가는 것 같아 최대한으로 속력을 냈다.

20

도착하기 한 시간쯤 전부터 이런저런 것들이 머릿속에 떠오르기 시작했다. 처음으로 기타라는 걸 쳐보았던 날이 생각났다. 이웃 사람의 집에서였는데, 그는 아무도 모르게 내게 기타를 몇 차례 가르쳐주었다. 〈성인들이 행진을 계속할 때〉라는 한 곡만 연습했다. 브레이크를 넣어가며 곡 전체를 연주하고 동시에 노래도 배웠다. 그러던 어느 날 밤, 나는 가족을 놀래주기 위해 이웃 사람에게서 기타를 빌렸다. 형은 나와 함께 노래하기 시작했다. 동생은 너무나 좋았던 나머지 꼭 퍼레이드를 이끄는 사람처럼 식탁 주위에서 춤을 췄다. 그 아이는 막대기를 집어 들더니 빙빙 돌렸다. 그 순간, 집에 돌아온 아버지가 웃으며 우리와 같이 노래를 불렀다. 이웃 사람에게 기타를 돌려준 다음 날 내 침대 위에는 중고이기는 하지만 상태가 아주 좋은 기타가 놓여 있었다. 나는 매일같이 조금씩 연습했다. 기타는 사람을 게으르게 만드는 악기다. 그걸 집어

들어 한 곡 연주하고 나서 내팽개쳐두고, 빈둥거리다가 다시 집어 들어 두어 번 조율해보거나 휘파람을 불며 반주하다보면 하루하루가 금세 지나갔다.

도로 위에서 차가 요동을 치는 순간, 문득 제정신이 들었다. 깜박 존 모양이었다. 왼팔에는 이제 아무 느낌이 없었고, 목이 말라서 미칠 것 같았다. 생각을 바꿔보려 행복했던 옛 시절을 떠올리려고 애썼다. 얼른 도착하고 싶어 지나치게 서둘렀던 나머지 의식을 되찾자마자 갈비뼈 안쪽에서 심장이 다시 울렸고, 오른손이 핸들 위에서 떨리기 시작했다. 한 손으로 운전을 하기가 어려웠다. 이 순간 형은 뭘 하고 있을지 생각했다. 아마도 기도를 올리고 있거나 아이들을 가르치고 있겠지. 나는 형을 통해 클렘과 알게 되었고, 벅턴이라는 도시에 자리 잡았으며, 여기서 석 달 동안 서점 관리인으로 일하며 돈을 잘 벌었다. 지키와 물속에서 섹스했던 일, 그리고 바닥이 훤히 비칠 정도로 맑던 그날의 강물이 생각났다. 어린아이처럼 벌거벗고 있던 지키의 매끈한 피부도 기억났다. 그리고 루의 곱슬곱슬하고 무성한 검은색 음모, 그녀를 물어뜯으면서 느꼈던 달콤하면서도 약간 짭짤한 맛, 그 뜨거움과 함께 그녀의 허벅지에서 풍기던 향수 냄새가 불현듯 생각났다. 그녀가 내지르던 고함이 아직도 귓가에서 들려오는 듯했다. 땀이 이마를 따라 방울져 떨어지는 게 느껴졌지만 그 빌어먹을 핸들을 놓고 닦을 수는 없었다. 가스로 가득 찬 위가 부풀어 오르면서 횡격막을 압박하고 허파까지 눌러서 뭉개는 것처럼 느껴졌고, 루는 계속해서 귀에다 고함을 질러댔다. 핸들 가운데에 있는 경적 버튼을 향해 손을 뻗었다. 나는 그녀의 고함이 묻히도록 경적이란 경적은 모조리 있는 힘껏 눌렀다.

차는 최대속력에 가까운 시속 140킬로미터 정도로 달리고 있었다. 하지만 도로가 약간 내리막이었으므로 계기판 바늘은 2에서 3으로, 다시 3에서 4로 넘어가고 있었다. 날은 이미 오래전에 밝아졌다. 나는 몇 대의 차를 추월하기도 했다. 몇 분 뒤, 경적을 모두 꺼버렸다. 만일 오토바이 순찰대를 만나게 되면 속력이 늦어서 그들을 따돌릴 수 없기 때문이다. 도착해서는 진의 차로 바꿔 타면 되겠지만, 젠장! 도대체 언제 도착한단 말인가?

나는 차 안에서 이를 악문 채 돼지처럼 투덜거리며 더욱 속도를 냈다. 구부러진 도로에서도 속도를 줄이지 않고 끔찍한 타이어 마찰음을 내며 돌곤 했다. 내시 자동차는 맹렬하게 달렸지만, 도로 왼쪽으로 완전히 치우치고 나서야 제 속도를 회복했다. 나는 계속해서 액셀러레이터를 있는 힘껏 밟았다. 지금 나는 동생이 〈성인들이 행진을 계속할 때〉를 부르며 식탁 주위에서 춤추었던 때처럼 즐거운 기분으로 웃고 있다…….
그래서 이제는 두렵지 않다.

21

호텔 앞에 도착하자마자 그 지긋지긋한 오한이 다시 시작되었다. 11시 반이 다 되어가고 있었다. 진은 나와 약속한 대로 함께 점심을 먹기 위해 기다리고 있었다. 나는 조수석 문을 열고 그쪽으로 내렸는데, 왼쪽 팔이 아팠으므로 그렇게 하는 편이 더 나았다.

호텔은 이 지역에서 유행하는 흰색 대형 건물로, 블라인드가 전부 내려져 있었다. 이곳은 10월이 다 끝나가는데도 아직 해가 내리쬐었다. 아래층 홀에는 아무도 보이지 않았다. 광고에서처럼 호화 호텔은 아니었지만 남의 눈을 피하기에는 이만한 곳이 없을 만큼 안성맞춤이었다.

호텔 외에 가건물이 열두어 채 서 있었는데, 그중 도로에서 쑥 들어가 있는 한 건물에는 트럭 운전사들이 이용하는 듯한 주유소와 카페가 있었다. 나는 그 건물에서 다시 나왔다. 내가 기억하기로는 잠을 잘 수 있는 빌라들은 호텔과 따로 떨어져 있었으며, 키 작고 볼품없는 나무들이 양쪽에 서 있고 풀이 드문드문 나 있는 도로와 직각을 이루며 뻗은 길로 이어져 있었다. 내시 자동차를 거기 세워둔 채 그 길로 접어들었다. 길은 곧 구부러졌고, 돌아서자마자 아주 깨끗한 방 두 개짜리 빌라 앞에 주차돼 있는 진의 차가 눈에 띄었다. 나는 노크도 하지 않고 곧장 안으로 들어갔다.

진은 안락의자에 앉아 잠자고 있는 듯했는데, 안색은 나쁘지만 여전히 멋진 옷차림을 하고 있었다. 내가 그녀를 깨우려던 바로 그 순간, 전화벨이(전화기가 있었다) 울렸다. 나는 바보처럼 혼비백산해 전화통을 향해 달려갔다. 심장이 다시 격렬하게 고동치기 시작했다. 수화기를 들었다가 곧바로 내려놓았다. 나는 덱스터가 아니면 전화할 사람이 없다는 걸 알고 있었다. 아니면 경찰일지도 몰랐다. 진이 눈을 비볐다. 그녀가 몸을 일으키는 걸 본 나는 그녀가 소리 지르는 걸 막기 위해 그녀에게 키스했다. 그녀는 조금 더 잠에서 깨어났다. 나는 그녀의 허리를 안고 한쪽으로 데려갔다. 바로 그 순간, 그녀는 내 옷소매가 비어 있는 걸 보았다.

"무슨 일이에요, 리?"

그녀는 놀란 듯했다. 나는 어색한 웃음을 지었다.

"아무것도 아냐. 바보같이 차에서 내리다가 발을 헛디뎌서 팔꿈치를 다쳤어."

"하지만 피가 나잖아요?"

"긁힌 것뿐이야. 이리 와, 진. 차를 타고 오느라 지겨워 죽는 줄 알았어. 너랑 단둘이 있고 싶어."

그때 전화벨이 다시 울리기 시작했다. 전류가 전선을 흐르는 게 아니라 내 몸속을 뚫고 지나가는 것 같았다. 더는 견딜 수 없던 나는 전화기를 들어 마룻바닥에 던져버렸다.

그러고는 발로 그걸 깨부숴버렸다. 문득 내 구두로 루의 얼굴을 으깨는 듯한 느낌이 들었다. 나는 여전히 땀을 흘리고 있었으며, 하마터면 그곳을 뛰쳐나갈 뻔했다. 나는 내 입이 떨리고 있으며 내가 미치광이처럼 보일 것이라는 사실을 알고 있었다.

다행히 진은 나를 다그치지 않았다. 내가 차에 타라고 말하자 그녀는 밖으로 나갔다. 조금 더 먼 곳으로 가서 마음을 좀 진정시킨 다음 돌아와서 점심 식사를 하기로 했다. 점심 식사 시간은 조금 남았지만, 그녀는 영 기력이 없어 보였다. 배 속의 아이 때문에 여전히 몸이 편치 않은 것 같았다. 액셀러레이터를 밟았다. 차가 갑작스럽게 출발하는 바람에 우리 두 사람의 몸이 좌석 등받이에 부딪쳤다. 거의 다 끝나가는 듯했다. 엔진 소리를 들으니 마음이 안정되었다. 진에게 전화기를 집어 던진 것에 대해 사과했다. 내가 정상이 아니라는 걸 그녀가 눈치챘기 때문에 이제 정신을 차릴 때가 되었던 것이다. 그녀는 내게 바짝 몸을 갖다 붙이더니 내 어깨에 머리를 올려놓았다.

나는 30킬로미터가량을 더 가서 차를 세울 만한 장소를 찾았다. 도로가 주변보다 높게 성토된 곳이었다. 급경사지만 내려가고 나면 내 계획대로 할 수 있을 것 같았다. 차를 세웠다.

진이 먼저 차에서 내렸다. 호주머니 속에 든 루의 권총을 만져보았다. 당장 그걸 사용하고 싶지는 않았다. 한쪽 팔만으로도 진을 처치할 수 있었다. 그녀가 구두끈을 매기 위해 허리를 숙였고, 팽팽한 엉덩이가 또렷이 드러나는 짧은 치마 밑으로 그녀의 허벅지가 보였다. 입안이 말라왔다. 그녀가 덤불숲 근처에서 걸음을 멈췄다. 주저앉으면 도로가 보이지 않는 장소였다.

그녀가 땅에 길게 드러누웠다. 나는 거기서 즉시 그녀와 섹스를 했지만 일부러 사정은 하지 않았다. 그녀가 격렬하게 허리를 움직이는데도 평정심을 유지하려고 애썼다. 나는 절정에 도달하지 못한 상태에서 그녀에게는 오르가슴을 느끼게 해주었다. 바로 그 순간, 나는 그녀에게 말했다.

"넌 흑인 남자랑 해도 항상 이렇게 좋니?"

그녀는 아무 대답도 하지 않았다. 어안이 벙벙한 표정이었다.

"왜냐하면 나한테도 흑인의 피가 8분의 1 이상 섞여 있거든."

그녀가 눈을 감았다 떴고, 나는 코웃음을 쳤다. 그녀는 그게 무슨 말인지 여전히 깨닫지 못했다. 그래서 나는 그녀에게 다 얘기해주었다. 동생에 관한 이야기, 그 아이가 어떻게 한 소녀를 사랑하게 되었으며, 그 소녀의 아버지와 오빠가 그 아이를 어떻게 죽였는지를 말이다. 나는 내가 그녀와 루를 어떻게 하려고 했는지를, 어떻게 너희 자매에게 복수하려고 했는지를 설명해주었다. 나는 호주머니 속에 들어 있던 루의 손목시계를 끄집어내 보여주면서 루의 한쪽 눈도 가져오고 싶었지만 나만의 특별한 방식으로 다루는 바람에 너무 심하게 상해 그럴 수 없었다고 말했다.

이런 얘기를 하는 게 쉬운 일은 아니었다. 단어들이 저절로 내 입에서 나오는 것은 아니었다. 그녀는 치마가 배까지 쳐들린 채 두 눈을 꼭 감고 땅바닥에 드러누워 있었다. 나는 그 기묘한 감각이 내 등을 훑고 지나가는 걸 다시 한번 느꼈고, 나도 모르게 손으로 그녀의 목을 꽉 움켜쥐었다. 그것이 왔다. 그게 너무나 강해서 나는 그녀를 놔준 채 거의 일어서다시피 했다. 그녀는 얼굴이 벌써 창백해졌지만 움직이지 않았다. 저항도 하지 않고 내가 목을 조르도록 가만히 있었다. 아직 숨이 붙어 있는 듯했다. 호주머니 속에서 권총을 꺼내 목에다 두 발을 쏘았다. 피가 솟구치더니 콸콸 뿜어져 나오다 멈추기를 되풀이했다. 그녀의 눈에서 볼 수 있는 거라곤 눈꺼풀 아래의 흰 선 하나뿐이었다. 그녀는 경련을 일으켰고, 바로 그 순간에 죽은 듯했다. 나는 그녀의 얼굴을 더는 보고 싶지 않아 몸을 뒤집어놓았고, 그녀의 몸에 아직 온기가 남아 있는 동안 전에 그녀의 방에서 했었던 행위를 다시 한번 되풀이했다.

그러고는 바로 기절했다. 의식을 되찾고 보니 그녀의 몸이 완전히 차가워져 움직이지 않았다. 그래서 나는 그녀를 내버려둔 채 차가 세워져 있는 곳으로 올라갔다. 발을 질질 끌어서야 겨우 갈 수 있었다. 반짝거리는 것들이 눈앞을 스쳐 지나가곤 했다. 운전석에 앉는 순간 위스키는 내 차 안에 있다는 게 생각났고, 다시 손이 떨리기 시작했다.

22

컬로스 경사가 책상 위에 파이프를 올려놓으며 말했다.

"우린 절대 그놈을 잡을 수 없어."

카터가 머리를 흔들었다.

"가능성은 있어."

"그렇게 빠른 차를 타고 시속 160킬로로 달리는 놈을 오토바이 두 대로 쫓아갈 수는 없다고!"

"그래도 해봐야지. 우리 목숨이 달린 일이기는 하지만, 그래도 해봐야 해."

배로는 여전히 아무 말도 하지 않았다. 그는 홀쭉하게 말랐으며 갈색 머리와 단조롭고 길게 끄는 억양을 갖고 있었다.

그가 말했다.

"나도 가겠어."

카터가 맞장구를 쳤다.

"자, 가자고!"

컬로스가 그들을 쳐다보며 말했다.

"이봐, 잘못하다간 생명을 잃을 수도 있지만, 대신 그놈을 붙잡기만 하면 한 계급 특진을 할 수도 있을 거야."

카터가 대답했다.

"그 빌어먹을 검둥이 새끼가 온 나라를 혼란에 빠뜨리고 다니도록 그냥 내버려둘 수는 없지."

컬로스는 아무 대답 없이 손목시계를 들여다보더니 말했다.

"5시군. 오 분 전에 전화가 왔었어. 그놈이 오 분 뒤에 지나갈 거야……. 만일 지나간다면 말이야."

카터가 말했다.

"그놈은 여자 두 명을 죽였어."

배로가 덧붙였다.

"주유소 주인도 죽였지."

그는 자동 권총이 넓적다리에 부딪히는지 확인하고 나서 문으로 향했다.

컬로스가 말했다.

"다른 사람들도 그놈 뒤를 쫓고 있어. 가장 최근 보고에 따르면 그들은 아직 거기 있어. 본부의 자동차가 출발했고, 또 한 대를 기다리고 있지."

카터가 컬로스에게 말했다.

"우리도 출발하는 게 좋겠어. 내 뒤에 타. 오토바이를 한 대만 갖고 가자고."

그러자 컬로스가 항의했다.

"그건 규정에 어긋나잖아."

"배로는 명사수야. 한 사람이 오토바이 운전도 하고 사격도 할 수는 없다고."

그러자 컬로스가 말했다.

"아, 그럼 잘해봐! 나는 이번 일에서 손 떼겠어."

인디언•이 갑자기 출발했다. 카터에게 꼭 달라붙어 있던 배로는 하마터면 오토바이에서 떨어질 뻔했다. 배로는 반대 방향으로 앉아 카터의 등에 자신의 등을 갖다 붙인 다음 가죽띠로 몸을 묶었다.

배로가 말했다.

"도시를 벗어나면 바로 속도를 줄이라고."

그 말이 끝나기 무섭게 컬로스가 중얼거렸다.

"그건 규정에 어긋나는 거야."

그러고는 우울한 표정으로 배로의 오토바이를 쳐다보았다.

그는 어깨를 으쓱거리더니 경찰서 안으로 들어갔다. 곧장

• 1920~1930년대 미국에서 크게 유행했던 오토바이 브랜드.

다시 나온 컬로스는 우레와 같은 소리를 내며 지나간 흰색 뷰익 자동차의 뒷모습이 사라져가는 것을 바라보았다. 그러고 나서 그는 사이렌 소리를 들었고, 오토바이 네 대(그러니까 네 명이었다)와 그 뒤를 바짝 따라가는 자동차 한 대를 보았다.

"정말 더럽게 시끄럽네!"

그는 이번에는 계속 밖에 머물러 있었다.

사이렌 소리가 점점 더 작아졌다.

23

리는 입속에 아무것도 집어넣지 않은 채 이리저리 턱을 움직였다. 있는 힘을 다해 액셀러레이터를 누르고 있는 동안 그의 오른손은 핸들 위에서 신경질적으로 움직였다. 눈은 붉게 충혈되었고, 얼굴 위로 땀이 흘러내렸다. 금발은 땀과 먼지로 인해 엉겨 붙어 있었다. 사이렌 소리는 그가 귀를 기울여야만 들릴 정도로 작았지만, 도로 상태가 너무 안 좋아서 그들은 그에게 총을 쏠 수 없었다. 그는 바로 앞에서 오토바이 한 대를 발견하고 추월하기 위해 왼쪽으로 차를 비스듬히 돌렸지만 오토바이는 일정한 거리를 유지했다. 그 순간, 앞 유리창이 방사상으로 금이 가더니 입방체 모양의 작은 덩어리들로

부서진 유리 조각들이 그의 얼굴 정면으로 쏟아졌다. 오토바이는 뷰익에 비해 거의 움직이지 않는 듯했고, 배로는 사격장에서만큼이나 신중하게 목표를 조준했다. 리는 두 번째와 세 번째로 발사된 총탄의 섬광을 언뜻 보았지만, 총알은 표적을 맞히지 못했다. 그는 총알을 피하려 애를 써가며 지그재그로 차를 운전했지만, 앞 유리창이 그의 얼굴과 더욱 가까운 곳에서 다시 한번 방사상으로 산산이 부서졌다. 그는 45구경 권총에서 발사된 굵직한 구리 총알이 뚫고 지나간 둥근 구멍으로 세찬 기류가 스며드는 것을 느꼈다.

그러고 나서 그는 뷰익의 속력을 좀 더 내야 한다고 생각했다. 오토바이가 가까이 다가왔던 것이다. 하지만 그는 반대로 카터가 속력을 줄이고 있다는 사실을 문득 알아챘다. 그는 입가에 희미한 미소를 띠우며 액셀러레이터에서 발을 살짝 뗐다. 그의 차와 오토바이 사이의 거리가 20미터, 15미터, 10미터로 점차 줄어들었다. 리는 다시 액셀러레이터를 있는 힘껏 밟았다. 배로의 얼굴이 코앞으로 다가오는가 하는 순간, 그는 오른쪽 어깨를 관통하는 총알의 충격에 소스라쳤다. 그는 핸들을 놓치지 않기 위해 이를 악물고 오토바이를 추월했다. 일단 앞에서 달리게 되니 더는 위험할 게 없었다.

도로는 갑자기 곡선을 이루었다가 다시 일직선으로 이어졌다. 카터와 배로는 여전히 뒷바퀴 쪽에 바짝 붙어서 따라오고 있었다. 차에는 서스펜션이 있었지만 도로가 조금이라도 울퉁불퉁하면 그 충격이 다친 팔다리에 고스란히 느껴졌다. 백미러를 들여다보았다. 아직은 두 명밖에 보이지 않았다. 리는 배로가 제대로 자리를 잡도록 카터가 속도를 줄이더니 도로변에 오토바이를 세우는 걸 보았다. 그를 추월하다 생기는 위험을 더는 무릅쓸 수 없었기 때문이다.

도로는 오른쪽 100미터 지점에서 두 갈래로 갈라졌다. 건물처럼 생긴 곳이 리의 눈에 띄었다. 그는 계속 액셀러레이터를 밟아 길 양쪽에 새로 일군 밭을 전속력으로 가로질러 갔다. 뷰익이 높이 튀어 올라 빙그르르 한 바퀴 돌았으나, 그는 온갖 기계 부품들이 삐걱거리는 가운데 차를 제자리로 되돌려놓는 데 성공했다. 그러고는 곡물 창고 앞에 차를 세워두고, 문까지 걸어갔다. 두 팔이 계속해서 쑤시듯 아파왔다. 몸통에 잡아맨 왼쪽 팔에서 다시 피가 돌기 시작한 탓에 고통의 신음이 절로 입에서 새어 나왔다. 그는 곡물 창고 안에 기대놓은 나무 사다리 쪽으로 다가가서 가로장에 뛰어올랐다. 하마터면 균형을 잃을 뻔했으나 몸을 희한하게 비틀어 다시 중심을 잡은 뒤 굵고 우툴두툴한 나무 가로장을 이로 악물었다. 그는 가시에 찔려 입술이 찢긴 채 숨을 헐떡거리며 잠시 사다리 중간에 서 있었다. 그는 루의 몸에서, 그러니까 나이에 안 어울리는 프랑스산 향수를 뿌린 그녀의 허벅지 사이에서 마셨던 그 뜨거운 피의 짠맛을 입에서 느끼며 자기가 얼마나 턱을 세게 악물었는지를 깨달았다. 뒤틀린 루의 입과 피로 더럽혀진 그녀의 치마가 떠올랐고, 반짝거리는 것이 눈앞에서 번득였다.

그가 천천히, 고통스럽게 사다리를 올라가는데 밖에서 요란한 사이렌 소리가 울렸다. 날카로운 그 소리와 뒤섞인 루의 비명이 또다시 머릿속에서 울리자 그는 루를 또 한 번 죽이기 시작했고, 다락방으로 올라가는 동안 똑같은 감정이, 똑같은 즐거움이 그를 사로잡았다. 밖에서 들려오던 소리는 멈췄다. 그는 조금만 움직여도 몹시 고통스러운 오른팔은 사용하지 않은 채 천창을 향해 힘들게 기어 올라갔다. 그의 앞에는 노란 색깔을 띤 밭이 끝도 없이 펼쳐져 있었다. 태양이 뉘엿뉘엿 넘어가고 있었으며, 길가의 풀들이 산들바람에 이리저리 흔들리고 있었다. 그의 오른쪽 소매와 몸을 따라 피가 흘러내렸다. 그는 조금씩 기진맥진해지다가 몸을 바들바들 떨기 시작했다. 공포가 다시 그를 사로잡았다.

이제 경찰들이 곡물 창고를 빙 둘러 포위했다. 리는 그들이 자기를 부르는 소리를 들었고, 그의 입은 크게 벌어졌다. 목이 마르고 땀이 났다. 그들에게 큰 소리로 욕설을 퍼붓고 싶었으나 목구멍이 바싹 말라서 그럴 수 없었다. 그는 자기 몸에서 흘러나온 피가 주변에서 작은 웅덩이를 이루더니 무릎으로 스며드는 것을 보았다. 그는 바람에 흔들리는 나뭇잎처럼 이를 딱딱 마주치며 떨다가 사다리의 가로장 위에서 발소리가 울리자 고함을 내질렀다. 처음에는 나지막했던 그 고함은 점점 더 커지더니 미친 듯한 울부짖음으로 변했다. 그는 호주머니에서 간신히 권총을 꺼냈다. 그는 푸른 옷을 입은 남자들이 나타날 구멍에서 가장 먼 벽에 몸을 바싹 갖다 붙였다. 권총을 쥐었지만 쏠 수는 없을 것이었다.

더는 소리가 들려오지 않았다. 그래서 그는 울부짖는 걸 멈췄고, 그의 머리가 어깨 위로 축 늘어졌다. 무슨 소리인가가 어렴풋이 들려왔다. 시간이 흘러갔고, 이어서 여러 발의 총탄이 그의 허리를 명중했다. 그의 몸이 축 늘어지더니 천천히 주저앉았다. 한 줄기의 침이 그의 입에서 곡물 창고의 거친 마룻바닥으로 퍼져나갔다. 그의 왼팔을 묶고 있던 끈이 깊고 푸른 자국을 거기에 남겨놓았다.

24

마을 사람들은 그가 죽었는데도 그를 교수형에 처했다. 검둥이였기 때문이다. 우스꽝스럽게도 그의 성기가 바지 밑으로 불쑥 비어져 나와 있었다.

해설

복수심이 맞닥뜨린 낭떠러지

프랑스어에 'secouer le cocotier'라는 표현이 있다. 직역하면 '야자나무를 흔들어대다' 정도인데, 비유적으로는 꽉 막힌 듯 답답한 상황을 타개하기 위해 수를 쓴다는 뜻이다. 1946년 여름, 보리스 비앙은 아마 이런 심정으로 《너희들 무덤에 침을 뱉으마》를 쓰기 시작했으리라. 그 나름대로 인생에 전기를 마련해보고 싶었던 것이다.

하지만 이때만 해도 그는 이 짧은 스릴러가 그다음 해에 마치 핵폭탄처럼 프랑스 문단을 강타하리라고는 짐작하지 못했을 것이다. 어떻게 이 소설이 1950년까지 50만 부 이상 판매되고, 1947년에는 장 폴 사르트르와 시몬 드 보부아르, 알베르 카뮈, 앙드레 말로 등 당시의 엘리트 작가들의 책을 제치고 베스트셀러가 되리라고 상상할 수 있었겠는가.

《너희들 무덤에 침을 뱉으마》는 '버넌 설리번'이라는 이름을 가진 미국 작가가 쓴 스릴러가 원본인 것처럼 출판됐다. 보리스 비앙은 자기가 이 소설을 프랑스어로 번역했다고 주장했다. 그러면서 비앙과 출판사 측은 이 소설이 인종을 다루는 방식이 너무나 과격해서 미국에서는 도저히 출판할 수 없었다고 설명했다.

1946년 여름이 시작될 무렵, 뒤 스코르피옹이라는 신생 출판사의 젊고 야심 찬 사장은 출판사의 명성을 단번에 띄워줄 강렬한 작품을 출판하고 싶어 했다. 그의 이름은 장 달뤼앵이며, 비앙-아바디 재즈 클럽에서 베이스 기타를 치는 사람의 형이었다. 비앙이 재즈와 스릴러에 관심이 많았으므로 장 달뤼앵은 그에게 접근해 미국의 하드보일드 스릴러를 한 권 골라 번역해줄 수 있는지 물었다.

보리스 비앙은 아예 자기가 직접 소설을 써보기로 결심했다. 왜 그런 결심을 했을까? 미국의 스릴러 중에서 괜찮은 작품을 찾느라 오랜 시간을 허비하는 게 싫어서일 수도 있고, 아니면 자기도 훌륭한 스릴러 소설을 쓸 능력이 있다는 것을 증명하고 싶어서일 수도 있다.

일은 일사천리로 진행됐다. 늘 그래왔듯이 가족, 친구들과 함께 대서양 연안에 있는 방데 지방의 비치 리조트로 여름휴가를 떠난 비앙은 8월 5일부터 20일까지, 그러니까 이 주 만에《너희들 무덤에 침을 뱉으마》를 완성했다. 작가 이름은 버넌 설리번으로 정했다. 이 이름은 친구인 폴 베르농과 재즈 피아니스트인 조 설리번에서 빌려 온 것으로 추정된다. 원래는 제목도 성경에서 따온 것이 분명한 '너희들의 무덤 위에서 춤을 추리라'였다. 하지만 좀 더 자극적인 제목이 좋을 것 같다는 아내 미셸의 말에 따라 '너희들 무덤에 침을 뱉으마'로 바꾸었다.

보리스 비앙이 프랑스어로 '번역한'《너희들 무덤에 침을 뱉으마》는 같은 해 11월 프랑스에서 출판됐다. 초반에는 판매가 신통치 않았다. 장 달뤼앵과 비앙은 좀 더 광고를 하지 않으면 이 작품이 소리 소문 없이 사람들의 기억 속에서 사라져버릴 거라고 판단했다. 하지만 광고를 할 필요가 없어져 버렸다. 두 사람이 원치도, 예상치도 않았던 두 가지 사건이 이 작품을 널리 선전해준 것이다.

1947년 2월, '사회, 도덕 행동 연합'이라는 이름을 가진 우익 단체가《너희들 무덤에 침을 뱉으마》의 작가를 고소했는데, 이 단체는 이미 헨리 밀러의《북회귀선》과《검은 봄》,《남회귀선》같은 작품이 비도덕적이라고 문제 삼으며 문단을 떠들썩하게 만든 적이 있었다.

그리고 같은 해 4월에는 파리의 몽파르나스 지하철역 근처에서 살인 사건이 발생했다. 한 남자가 싸구려 호텔 방에서 자신의 애인을 목 졸라 죽인 것이다. 사건 현장에서 비앙의 소설이 발견됐다. 살인을 저지른 남자는 소설의 주인공인 리 앤더슨이 진 애스퀴스를 목 졸라 죽이는 장면에 밑줄을 그어 놓았다. 이 사건은 자극적인 기삿거리에 목말라 있던 삼류 신문들의 1면을 대문짝만하게 장식했다.

그리하여 비앙은 묘한 상황에 처하게 됐다. 수많은 독자가 《너희들 무덤에 침을 뱉으마》를 읽어보고 싶어 했다. 책이 엄청나게 팔려나가면서 작가도 주목을 받았다. 사람들은 이 무명작가 설리번이 누구인지 알고 싶어 했다. 상황이 기괴해졌다. 전혀 의도하지 않은 방향으로 흘러간 것이다.

이 작품의 화자는 리 앤더슨이다. 그는 흑인이지만, 그의 피부는 백인으로 통할 만큼 하얗다. 그의 어린 동생이 백인에게 살해당한다. 리는 동생을 죽인 자들에게 복수하기로 결심하고 미국의 남부 지역 깊숙이 자리 잡은 상상의 도시 벅턴으로 떠난다.

그곳에서 그는 서점 관리인으로 일하며 그 지역 토박이들, 특히 젊은 여성들과 은밀한 관계를 맺는다. 그러면서도 그는 치밀하게 계획된 복수의 희생양을 끊임없이 물색한다.

결국 그는 부유한 가문의 자매인 루와 진 애스퀴스를 찾아낸다. 이때부터 소설은 더욱더 빠른 속도로 진행된다. 심리적인 묘사가 거의 없이 신랄하고 거칠게 이어진다. 이야기는 거의 대부분 대화를 통해 전개되는데, 언제나 백인 여성들을 죽이고 말겠다는 리 앤더슨의 강박적인 결심에 초점이 맞춰져 있다. 그는 후회도, 재고도 없이 행동한다. 비록 별다른 어려움 없이 백인 사회에 섞여 들었지만 자신의 낮고 굵은 목소리가(그는 블루스를 노래한다) 자신이 흑인이라는 사실을 결국은 드러낼 것임을 알고 있다. 그는 신속히 행동한다. 구성은 간결하지만, 서사는 매우 흥미로우며, 분위기는 팽팽히 긴장되어 있다. 에로틱한 장면은 상세히 설명되기보다는 비앙 자신이 "라틴적인 전통"이라고 묘사한 스타일로 암시되어 있다.

《너희들 무덤에 침을 뱉으마》가 '번역될' 당시의 전후 프랑스는 캐서린 앤 포터, 어스킨 콜드웰, 호러스 매코이, 카슨 매컬러스, 리처드 라이트 등의 현대 미국 문학을 받아들이고 있었다. 스릴러-탐정물로 말하자면, 마르셀 뒤아멜이 갈리마르 출판사에서 지금도 계속 출판되고 있는 '세리 누아르' 총서를 기획했고, 이를 통해 레이먼드 챈들러, 돈 트레이시, 레이먼드 마셜, 제임스 M. 케인, 제임스 해들리 체이스, 피터 체이니 같은 작가의 작품이 출판될 수 있었다.《너희들 무덤에 침을 뱉으마》 역시 이 문학 장르의 법칙에 충실하게 인종주의(증오, 불관용, 차별)와 섹스(유혹, 성교, 강간), 그리고 죽음(린치, 사디즘, 고어) 같은 주제로 채워져 있다.

프랑스인이자 백인인 비앙은 미국(그가 한 번도 가본 적이 없는)을 무대로 스릴러 소설을 썼다. 주인공은 흑인이지만 백인처럼 보이며, 살해당한 동생의 복수를 위해 백인 사회로 떠난다. 그러나 그는 죽어야만 할 운명이다. 왜냐하면 그는 오직 혼자서 자신의 목표를 추구하며, 사법제도나 정의로운 사회에 대한 희망을 품지 않기 때문이다. 그것의 서브텍스트를 정당화하기 위해서 비앙은 미국인인 버넌 설리번의 이름으로 이 작품을 쓰고, 자기 자신을 번역자로 소개했다.

물론 이 모든 것이 날조처럼 보일 수도 있겠지만 사실 보리스 비앙은 자신이 쓰는 것, 그것을 쓰는 방식에 관해 극도로 진지했던 작가다. 그는 나중에 "이 작품은 문학적 견지에서 볼 때 거의 관심을 끌지 못할지도 모르지만, 사람들이 그것에 관해 호평을 하든 악평을 하든 상관없이 작품에 관해 말한다는 그 사실 자체로서 문학적 성공을 거두는 것"이라고 주장했다.

《너희들 무덤에 침을 뱉으마》가 출판되고 나서 1년 반이 지났지만 사람들은 여전히 버넌 설리번이 실존 인물이라고 믿었다. 그리하여 비앙은 영어 원서가 존재한다는 사실을 증명하기 위해 급히 이 작품을 영어로 다시 썼는데, 미국인 친구 밀턴 로즌솔의 도움을 받았다. 이 영어판은 1948년 4월에 출판됐다.

《너희들 무덤에 침을 뱉으마》는 1949년에 판금되었고,

1950년에는 법원에 의해 10만 프랑의 벌금을 선고받았다. 하지만 지금까지도 전 세계 수많은 국가에서 번역되고 출간되며, 인종이나 계급의 차별 문제를 신랄하게 다룬 20세기 프랑스 누아르 소설의 고전으로 손꼽힌다.

이재형

휴머니스트 세계문학 014

너희들 무덤에 침을 뱉으마

1판 1쇄 발행일 2022년 10월 31일

지은이 보리스 비앙
옮긴이 이재형

발행인 김학원
발행처 (주)휴머니스트출판그룹
출판등록 제313-2007-000007호(2007년 1월 5일)
주소 (03991) 서울시 마포구 동교로23길 76(연남동)
전화 02-335-4422 **팩스** 02-334-3427
저자·독자 서비스 humanist@humanistbooks.com
홈페이지 www.humanistbooks.com
유튜브 youtube.com/user/humanistma **포스트** post.naver.com/hmcv
페이스북 facebook.com/hmcv2001 **인스타그램** @boooook.h

편집주간 황서현 **편집** 이성근 이은서 김대일 김선경 **디자인** 김태형
조판 이희수com. **용지** 화인페이퍼 **인쇄** 청아디앤피 **제본** 민성사

ISBN 979-11-6080-922-0 04860
979-11-6080-785-1 (세트)

휴머니스트 세계문학

시즌 1. **여성과 공포**

001 프랑켄슈타인 메리 셸리 | 박아람 옮김
002 회색 여인 엘리자베스 개스켈 | 이리나 옮김
003 석류의 씨 이디스 워튼 | 송은주 옮김
004 사악한 목소리 버넌 리 | 김선형 옮김
005 초대받지 못한 자 도러시 매카들 | 이나경 옮김

시즌 2. **이국의 사랑**

006 베네치아에서의 죽음·토니오 크뢰거 토마스 만 | 김인순 옮김
007 그녀와 그 조르주 상드 | 조재룡 옮김
008 녹색의 장원 윌리엄 허드슨 | 김선형 옮김
009 폴과 비르지니 베르나르댕 드 생피에르 | 김현준 옮김
010 도즈워스 싱클레어 루이스 | 이나경 옮김